www.tredition.de

AF216800

"Ecrinautik" bedeutet das Eintauchen in das Unbekannte, jener Moment, wie es heißt, als beispielsweise Sigmund Freud "das Meer sah" oder Jorge Luis Borges den Himmel, der einer unendlichen Bibliothek gleicht. Die hier versammelten Erzählungen zeigen die Tauchfahrten eines Suchenden in der Schrift, die bekanntlich vor der Sprache existierte. Sie stammen aus der Zeit um das Jahr 2012, als die Welt untergehen sollte, ausgegraben ins Heute, nachdem die Welt untergegangen ist.

Das Epos des vergessenen Dichters Walle Hendrickson über das sagenumwobene Land Xanta und des Kampfes zwischen der Amazone Anthis gegen ihren Widersacher Zython, das mehrere der enthaltenen Geschichten umspannt, ist hier sowohl Brücke, wie auch Fragment, und zeigt das Bild eines Menschen, der längst gestorben ist, an jenem äußersten Horizont dessen, was er und sein Leben hätte sein können.

Theophrast Ricardus Asher wurde 1666 geboren und geistert weiterhin durch die Untiefen des Internets und der sozialen Medien (Instagram: @ashapproved). Sein Roman "Levana - Göttin des Todes" wurde bisher nicht für das Fernsehen verfilmt, harrt aber einer Besprechung in seinen Filmtagebüchern.

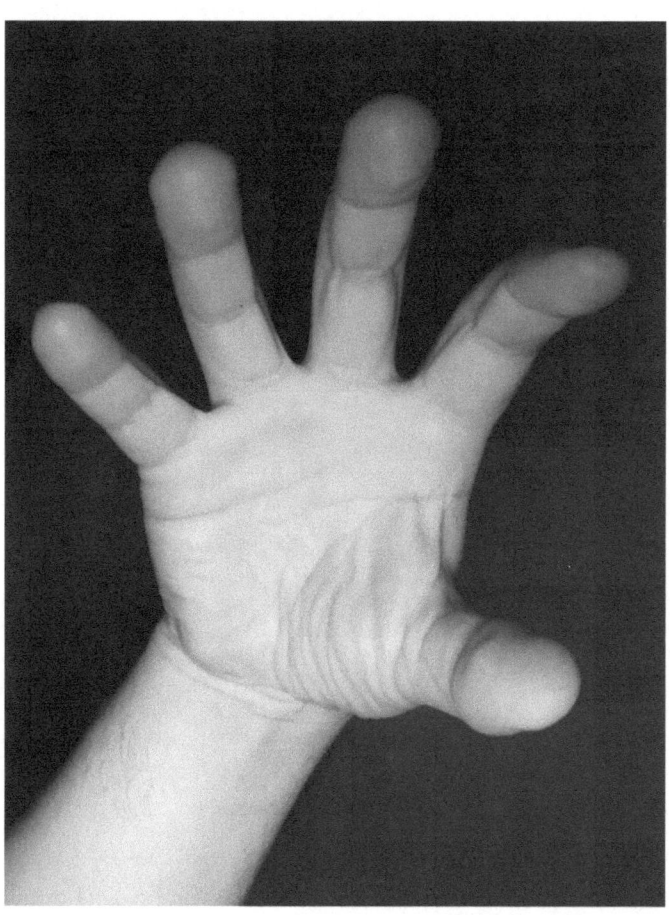

The Real Ash

Ecrinautik
Erzählungen

www.tredition.de

Bildtafeln von: papercuttales / marc geiger & thomas wilsdorf /
nimbul in association with milkweed
Covermotiv: ninvé / city at the bloodsea
Titelmotiv: alteraFabula / in union we stand
© Marc Geiger / marc-geiger@gmx.de und
Thomas Wilsdorf / me@image-of-you.de / image-of-you.de
Bonustexte ebenfalls mit freundlicher Genehmigung der beiden
Autoren, die Rechte verbleiben jeweils bei den Autoren.

Verlag & Druck: tredition GmbH, Halenreie 40-44,
22359 Hamburg

ISBN
Hardcover: ISBN 978-3-347-30498-7
Paperback: ISBN 978-3-347-30497-0
e-Book: ISBN 978-3-347-30499-4

"Es ist gar keine Frage, auch wenn sie das Gegenteil behaupten, aus einem Mangel an Verständnis, dass die Schrift vor der Sprache existiert hat, es ist vielmehr die Tatsache, dass die Schrift der Natur die erste Erfahrung ist, die wir machen. Alle."

Walle Hendrickson

"An welchen Orten Hendrickson gesucht hat, wo das Zusammenleben möglich ist, aus seiner Erfahrung und eigenen Biographie, wird wohl ewig ein Mysterium bleiben – nur im Fragment erfahrbar. Das Fragment ist letztlich die Präsenz selbst, immer schon vergangen."

N. D. Sindberg

"Für Christian, der David Lynch, Jorge Luis Borges, Derek Walcott, Franz Kafka und H.G. Wells liebt – es aber nicht zugibt ;-)"

The Real Ash

Das afrikanische Klavier

Bei meiner letzten Exkursion nach Afrika bin ich auf eine seltsame Tradition gestoßen, die überwiegend von europäischen Müttern ausgeführt wird. Diese schicken ihre adoleszenten Töchter in unbekannte Gebiete, wo sie kleine Konzerte organisieren, die ihre Heranwachsenden für den Ernst des Lebens vorbereiten sollen.

Ich habe eines dieser Konzerte miterlebt. Es war irgendwo in der afrikanischen Savanne, wo ein schon etwas aus den Jahren gekommenes Töchterchen – sie muss im dreißigsten Lebensjahr gewesen sein – noch immer Johann Sebastian Bach, Wolfgang Amadeus Mozart und Ludwig van Beethoven mit zitternden Händen vor einer weitgehend unsichtbaren Zuhörerschaft in einem extra dafür konstruierten Konzertsaal intonierte. Ihre Mutter hatte mich persönlich zu der Veranstaltung eingeladen, während ich unter einem Affenbrotbaum Rast machte und einem Gnu meinen letzten Strauch Kohlrabiblätter verfütterte. Da ich sonst nichts Besseres zu tun hatte und mich einsam fühlte, hatte ich die Einladung angenommen.

Während ich also in diesem fast leeren und seltsam rhombisch konstruierten Konzertsaal saß, in dem diese von Grund auf wunderschöne junge Frau mit zitternden Händen und eigentlich völlig unprofessionell vor einem Klavier saß und Blut und Wasser schwitzte, um ihrer Mutter, sowie der Gesellschaft, etwas zu beweisen, fällte ich einen Entschluss. Ich ging zu den Klängen Mozarts vor die Tür, sattelte mein Kamel und stolzierte in den Konzertsaal. Das schöne Mädchen lächelte mich an, ich lächelte zurück und sogar die Mutter schien zumindest überrascht.

„Einmal Prinzessin sein. Was sagst du?" fragte ich sie und bot ihr meine Hand.

Sie nahm meine Hand, stieg zu mir empor und wir machten uns davon. Ich glaubte damals, dass es die einzige Möglichkeit für sie war, aus diesem eher abendländischen Zwang zu entkommen, vom Weißen Ritter gerettet zu werden. Auch wenn ich ihr nicht gleich sagte, dass ich mich in sie verliebt hatte, konnte ich nicht lange lügen. Sie war einfach eine wunderbare Frau. Ihr beruhigender Gesang gab mir die Portion Mut, die fordernde Reise zu bestehen, während wir durch die Steppen und Wüsten ritten, die Sonne im Nacken und den Klang der Seele im Herzen. Keine verstand es besser als meine Liebste, mit vergessenen Blues-Klassikern die heiße afrikanische Luft wenigstens ein bisschen abzukühlen. Manchmal war auch das ein oder andere Lied eines vergessenen Romantikers dabei, der davon sprach, nach Hause zu gehen. Aber nur manchmal.

weird messenger of monochromatic death

Die Gedanken des toten Clowns

Die Rolle des toten Clowns am Ende von Walle Hendricksons Epos beschäftigte die Forscher seit dem mysteriösen Tod des Schriftstellers. Auch mich hatte diese Figur von Anfang an interessiert. Ich konnte nur nicht sagen, weshalb Hendrickson den Clown als Symbol von Leben und Tod gewählt hatte. Sicher, es hing mit dem Theater zusammen und ganz sicher hing es mit seinem Verständnis von Schrift zusammen. Doch es gab keinen Anhaltspunkt, der erklärt hätte, auf wen oder was der Clown nun historisch verwies.

Nachdem ich die Fernseharchive nach jeglicher Art von Clowns untersucht hatte, gab ich auf. Doch ich konnte mir nicht helfen. Noch immer beschäftigte mich diese Figur, die ja zugleich tot und lebendig war, ganz ähnlich zu Jean Pauls *Rede des toten Christus vom Weltgebäude herab, dass kein Gott sei.* Doch bei Hendrickson war der Clou eben nicht, dass er sich ironisch gegen den damals aufkeimenden Atheismus gewandt hatte, nein, dies allein genügte dem Autor nicht, Hendrickson verwendete den toten Clown als Paradox, das sich jenseits der Realität abspielte. Wie man wusste, hatte Hendrickson, obwohl er ein sportlicher junger Mann war, enorme Probleme mit seinem Körper. Wenn man Fotos von ihm sah oder in Fernsehinterviews eine Ahnung von dem realen Menschen bekam, musste man denken, dass mit ihm alles stimmte. Doch dem war nicht so. Nach seinen Selbstbeschreibungen aus den Tagebüchern war er ein durchweg depressiver Charakter, der trotz oder gerade wegen seiner sportlichen Extremleistungen (man denke an das Tiefseefischen) ständig am Rande des Selbstmords stand. Vielleicht, könnte man sagen, war dies auch der Grund für seinen mysteriösen Tod, Recht hätte man damit aber nicht gehabt, da Hendrickson die meisten von ihm ausgeübten

Sportarten immer unbeschadet und ohne nur den kleinsten Unfall ausgeübt hatte. Und das seit seiner frühen Kindheit. Er war durchwegs ein Mann des Wassers und wenn man las, was in seinem Buch beschrieben wurde, so konnte man nicht anders, als festzustellen, dass er sich im Wasser wohler gefühlt haben musste, als auf dem Festland. Ebenso verhielt es sich aber mit dem Element der Luft. Es wäre reiner Hohn gewesen, bei ihm von Flugangst zu sprechen, da er passionierter Gleitschirmflieger war, eine der Sportarten, für die Xanta aufgrund ihrer sonnigen und weitläufigen Bergketten besonders für Touristen beliebt war.

Wenn wir auf die zuvor angedeuteten Angstzustände um seinen Körper zurückkommen, müssen wir sowohl aus Hendricksons Buch als auch aus seinen Tagebüchern schließen, dass er als Gegenmittel für seine diffusen Ängste die Elemente des Wassers oder der Luft gewählt hatte, um sprichwörtlich innerlich nicht festen Boden unter sich haben zu müssen, dem er seit jeher misstrauisch gegenüberstand. „Hier fühle ich mich mit allem verbunden, weiß, dass ich nicht allein bin, ohne Angst vor der Zukunft, völlig frei," heißt es im Tagebuch XXI.

Ich hatte schon daran gedacht, dass sich Hendrickson selbst als diesen fröhlich-traurigen Clown betrachtete und lag mit dieser Deutung wohl nicht ganz falsch. Jedenfalls hatte meine Untersuchung hierzu mein wissenschaftliches Resumée durchaus gefestigt und brachte mir eine feste Stelle für die nächsten zwei Jahre ein. Im Grunde hatte ich mit der postdekonstruktivistischen Interpretation meine fakultären Lorbeeren erst verdient. Trotz alledem scheint mir, dass es zwar eine gut durchstrukturierte Arbeit war, das stand auch gar nicht zur Debatte, im tiefsten und innersten Kern von Hendricksons Buch und dem, was man sonst über ihn wusste, schienen mir meine Hypothesen aber ganz und gar falsch zu sein. Ich hatte nichts verstanden. Es war alles genauso falsch und richtig, wie wenn ein Psychiater die Glaubhaftigkeit eines Selbstmordattentäters erklärt, oder ein Pädagoge den Einfluss von Killerspielen auf Adoleszente.

Freilich bewegte ich mich hier auf unseriösem Boden, musste aber doch versuchen, denn das war mein wissenschaftlicher Ausgangspunkt, hinter die Spiegel zu treten und zu erkennen versuchen, dass in Hendricksons Buch einzig und allein das Feld der Kultur sowohl Gegenstand der Untersuchung wie auch blinder Fleck derselben war. Auf der anderen Seite stand ebenfalls die Tatsache, dass bei Hendrickson das Subjekt des Autors mit dem Objekt von Xanta vertauscht wurde und somit ein komisches Mischwesen zwischen Gesetz und Anarchie entstanden war, zwischen Freiheit und Gefangenschaft.

Vielleicht musste ich auch diese verflixte Figur des toten Clowns als eben dieses Paradox sehen, das Hendrickson zeigen wollte. Ich war mir jedoch nicht sicher, ob ich damit wieder nicht zu kurz gegriffen hätte. Das Mysterium des Buches war nämlich nicht die Familiengeschichte, die zwischen den Protagonisten erzählt wurde, nicht die Dystopie einer Gesellschaft, die vor uns abgespult wurde, sondern – ich glaube – mehr und mehr das Porträt eines Denkens, das völlig vom

Menschen abgelöst war, ja, überhaupt nichts mit ihm zu tun hatte. Das war natürlich harter Tobak und wie das genau zu beweisen war, das würde sich erst zeigen, wenn ich Xanta selbst besucht hätte, wie ich damals hoffte. Der tote Clown wäre vielleicht gerade dieser springende Punkt, der uns beim Karaoke – eine der Lieblingsbeschäftigungen auf Xanta – den Weg wies, ohne dass wir ihn verfolgen hätten können: die Simulation der Simulation, das Literarischwerden des Nichtliterarischen. Ein Ergebnis ohne Ernsthaftigkeit, ein Spaß, der nicht lustig war, ein manchmal schönes Spiel, doch meist ein Spiel rein mit unserem Begehren.

Vielleicht, dachte ich, während ich aus der Bibliothek herausging, war der tote Clown auch nur eine Verschiebung von Hendrickson, ein Code, der gar nicht für einen Clown stand, sondern vielmehr zwischen den Zeilen seines Buches auf etwas anderes verwies. Doch auf was? Denn einer Tatsache war ich mir sicher: im tiefsten Abgrund meines Herzens, wie auch meines Hirns, verwies der tote Clown auf eine reale, aber

abwesende Person. Ich musste Hendricksons na-
tionales Epos also gleich noch einmal lesen,
dachte ich, denn zurück nach Xanta wollte ich aus
bekannten Gründen nun wirklich nicht.

she rides...

Der Friedhof der ungeschriebenen Bücher

Eines der schönsten Kapitel in Walle Hendricksons nationalem Epos ist das, in dem die Amazone Anthis in einem Wüstensturm plötzlich mit ihrem Pferd in einer dschungelartigen Umgebung wieder auftaucht, als hätte es die xantalanischen Steppen und Eismeere nie gegeben. Zuerst denkt sie an einen Traum, merkt aber bald, dass es sich um eine andere Art von Realität handeln musste, da sie nach langer Zeit über das Funkgerät endlich Kontakt zu ihren Leuten aufnehmen kann, den Freiheitskämpfern der Nuum, die mit ihrem Widerstand das staatliche Regime der Hauptstadt Ninvé zerschlagen wollen.

Nachdem Anthis durch den schwer verständlichen Funkspruch wieder Hoffnung schöpfen und auf Hilfe warten kann, macht sie sich also auf zur Erkundung jenes Dschungels, in dem sie sich nun befand. Bald merkt sie, auf einem Anhügel stehend, dass dieser Ort kein gewöhnlicher Ort war; es war fast so, als ob dieser Ort einem Plateau zu vergleichen war, das mit dichtem Tropenwald bedeckt war, aus dem vereinzelt mehrere kleinere und ein größerer Berg hervorragten – ein magischer Ort jenseits der Gesetze der herkömmlichen Physik. Wie man sich denken kann, wird dieser Unort, als utopischer Heterotopos noch eine nicht unwichtige Rolle in den folgenden Erzählungen in Hendricksons Buch finden.

Doch zurück zu Anthis, die sich mit ihrem treuen Pferd, auf dem sie in dieser Wildnis leider nicht reiten konnte, mühsam durch den Busch kämpft. Das schönste an diesem Kapitel sind die darauffolgenden Seiten, die – ich wage zu behaupten – zum faszinierendsten gehören, mitunter, was ich je in der Literatur gelesen habe. Nicht nur die Idee selbst, auf die ich gleich zu sprechen komme, sondern vor allem das Schriftbild sondert eine merkwürdige, geradezu halluzinogene

Strahlkraft ab, derer man sich nicht entziehen kann. Hendrickson hat hier mit allen Mitteln seiner Kunst, die ihm keiner so schnell nachmacht, einen eigenen Kosmos geschaffen, den man tatsächlich zu greifen können meint. Es scheint fast so, als ob es in einer anderen Sprache geschrieben ist, die nicht von dieser Welt kommt. Bedenkt man die Zeitspanne, in der Hendrickson sein Epos geschrieben hatte, muss man ehrfürchtig den Hut ziehen und sich tief verbeugen. Wie der junge Rimbaud hat auch er, um seinem Helden Tribut zu zollen, exakt zur gleichen Zeit zu schreiben angefangen. Er wollte, wie er in einem kleinen Interview aus einem Universitätsstudentenmagazin ein Jahr vor seinem Tod sagte, „eine Art Doppelexistenz schaffen, allein für mich. Verstehen sie, es handelt sich dabei nicht um ein Schreiben der herkömmlichen Art und Weise. Ich setze mich nicht hin, konstruiere einen Plot, schleife an den Figuren und entwerfe einen Plan. Nein, ich lasse mich schreiben, lasse mich von den Schriftstellern schreiben, die alle meine Zeitgenossen sind, die alle mein Alter haben, alle

Gespenster und Geister, kurzum, ich mache mich zu einem Kanal, durch den ich alles, was ich bündeln kann zusammenknote und festzuhalten versuche und das dann auf Papier zu bannen, das ist die meine Kunst. *Ich*, meine Liebe, ist eben nicht nur ein anderer und auch nicht allein alle anderen, sondern etwas, das ich selbst niemals verstehen werde. Dabei hat es nichts mit dem Träumen zu tun, oder dem, was man so allgemein darunter versteht. Man kann das Schreiben nicht allein auf so plumpe Metaphern reduzieren. Verstehen sie das?"

Die Interviewerin verstand selbstverständlich nicht und fragte Hendrickson, ob er die kleinen Sexgeschichtchen, von denen er einige in seinen frühen Zwanzigern in Anthologien veröffentlichte, selbst erlebt habe, worauf der gute Walle – ich konnte ihn mehr als gut verstehen – empört aufstand und den Seminarraum mit einem lauten Türknallen verließ, was die Studentin jedoch nicht weiter beeindruckte. „Wie Rimbaud" sei er nach Aussage seiner Tagebücher in die nächste Kneipe, um sich mit einem befreundeten Dichter mit dem Kürzel M. (von dem oder der man noch immer nicht weiß, wer es wirklich ist) mit der ein oder anderen Flasche Algenschnaps zu betrinken.

Doch zurück zum schönsten Kapitel in seinem Buch, demjenigen, an dem die völlig am Ende ihrer Kräfte stehende Amazone Anthis nach langer Reise durch den Busch endlich an einem offenstehenden Platz ankommt, von dem aus eine Art grobe Steinpflasterstraße mit Menhiren einen großen Hügel bedecken, in dessen Mitte eine Pforte steht, deren Eingang an die Mayas erinnert. Anthis folgt dieser Spur und kommt durch eine enge Passage ins Innere des Hügels, der, wie sich herausstellt, ein versteckter Grabhügel ist, wie ihn die Wikinger hatten und gesäumt von Schädeln und menschlichen Überresten (hier merkt man Hendrickson das alte Erbe an, das er einfach mit bekannten Abenteuergeschichten und -orten überlagert hatte). Im Inneren angekommen passiert Anthis wieder etwas Seltsames, in dieser brüchigen Realität der Erzählung. Anthis beginnt nun ein inneres Gespräch mit ihrem Pferd, das sich hierauf vor ihr entmaterialisiert.

Der Hügel beginnt sich zu öffnen und in sich eine Art umgekehrtes Sternendach zu bilden. Am Boden wird ein weiterer Friedhof sichtbar, nun mit Särgen und klassisch anmutenden Grabsteinen, aus dessen Schriftzeichen und eingemeiselten Bildern selbst zunächst nur vereinzelt schmale Lichtstrahlen wie Messerstiche herausstachen, die sich immer weiter ausbreiteten. Der Anblick scheint Anthis zu hypnotisieren, so dass sie nicht merkt, dass sich hinter ihr ein kleiner Mann mit einer Schaufel nähert, der sie im passenden Moment niederschlägt.

Nachdem Anthis wieder zu sich kommt, liegt sie auf einer Decke und sieht, wie ein Totengräber, der dem aus Shakespeares *Hamlet* nicht unähnlich ist, ein Grab aushebt. Der Totengräber lässt daraufhin von seiner Arbeit ab, entschuldigt sich und beginnt Anthis in einem langen Gespräch (das sich über viele Seiten zieht) auseinanderzusetzen, wo sie sich befindet. Dieser Ort sei dem Totengräber zufolge der Friedhof der ungeschriebenen Bücher.

Was Hendricksons Kunst nun ausmachte, waren nicht die Szenerie und der Dialog, der daraufhin folgt, sondern die unglaubliche und schwer zu interpretierende Leuchtkraft, die von dieser Schrift ausging. An diesem Ort befinden sich, nach Angaben des immer trotteliger werdenden Totengräbers, was auch einige Situationskomik beinhaltet, alle Bücher, die niemals geschrieben worden seien und niemals geschrieben werden, alle Fragmente und Ideen, die jemals bei jedem Menschen im Kopf herumspukten. Dabei sei es natürlich unmöglich, dass diese Bücher jemals gelesen würden, sagt der Totengräber, an diesem Ort kämen quasi alle Theorien, Szenerien und Biographien des Universums zusammen, eine Art Zwischenraum des Universums, das der Idee von Borges' Nussschalen verwandt war, die das illustre Gebäude der Welt erst geschaffen hätten. Diese Bücher seien aber, wenn man sich darauf einlasse, lesbar. Es sei eine Mischung von Trauer und Hoffnung, die man beim Lesen dieser Romane und Abhandlungen, dieser Reportagen und Kochrezepte, Geständnisse und Phantasien, zu

Gesichte bekäme, die sowohl eine utopische Sinnhaftigkeit zu postulieren imstande seien, als auch die totale Negation der Materie in sich beinhalten würden.

Anthis lässt sich daraufhin dazu überreden eines dieser Bücher zu lesen, einen Roman einer frei gewählten Asiatin, die im realen Leben niemals auch nur mehr als ein paar kurze Briefe und Notizen geschrieben hatte. Der Roman führt Anthis im Anschluss in eine Welt ein, die ihr (und den Lesenden) eine ganz einfache und unprätentiöse Literatur bietet, die aber in ihrer Einfachheit so hell leuchtet wie ein geschliffener Edelstein. Das Besondere an diesem Friedhof sei nämlich, wie der Totengräber bald endet, die Vollkommenheit mit der diese Bücher geschrieben wurden. Wer der wirkliche Urheber sei, oder die Urheberin, oder welche Entität auch immer, das wisse der Totengräber selbst nicht, es sei ja auch nicht seine Aufgabe Fragen zu stellen, sondern zu buddeln.

„Ich bin nur der Totengräber."

Nachdem er diese Worte ausspricht, beginnt sich ein Sturm zu bilden, eine „Abberation des Universums," wie der Totengräber sagt und „ich hoffe, sie bald wieder zu sehen." Nach langen Beschreibungen dieses Wirbels, der, wie Hendrickson schreibt, nichts mit Wurmlöchern zu tun habe, findet sich Anthis mit ihrem Pferd wieder an der Stelle der Wüste, von der aus sie verschwunden war. Einige ihrer Mitstreiter sind längst da, um sich um sie zu kümmern und ihren zuckenden Körper fern jeglicher Erinnerung ins geheime Lager zu bringen.

Jede Beschreibung der Handlung und der Schrift dieses Kapitels kann nur versagen, darüber war ich mir immer bewusst. Doch trotzdem oder gerade deswegen, werde ich es immer wieder versuchen, möge der Himmel existieren, auch wenn, wie Borges sagt, mein Platz die Hölle ist.

summoning of the perverted prutrescence

Atlantisches Gold

Während des Fluges musste ich an den zentralen MacGuffin von Hendricksons Epos denken: das versunkene Gold. Eigentlich war dieses frühe Thema so etwas wie der Auslöser oder die Haupt-triebfeder der Handlung. Da der junge Zython in einem Heim aufwächst, das gleichzeitig Senioren wie Kinder beherbergt, werden ältere Männer bald Identifikationsfiguren für ihn. Einer von ihnen ist der ehemalige Matrose Estreisias, ein Seebär durch und durch, der sich mit dem Jungen bald anfreundet und ihm das Seemannsgarn so-wohl seines Lebens als auch das des gesamten Meeres und Universums erzählt. Die spannendste Geschichte ist wohl die, die mit der Erblindung des Greises zusammenhängt und Hauptauslöser für Zython's Zukunft ist.

Als Estreisias im jungen Mannesalter gestanden sei, so seine Geschichte, habe er sich viel an den Stränden von Xanta aufgehalten und dort vor allem, wie man sich schon denken konnte, in Spelunken und Bordellen. Auch der Musik sei er nicht abgeneigt gewesen und habe oft mit seiner Gitarre melancholisch am Meer gesessen, wie man das von Postkarten kenne. Eines Tages habe der ins Gitarrenspiel versunkene Matrose eine Zuhörerin bemerkt. Nach einem Gespräch über Gott und die Welt sei es schließlich darum gegangen, dass sich die ältere Dame darüber ausgelassen habe, wie unglaublich traurig es doch sei, dass das Gold von Xanta immer noch auf dem Meeresboden darauf warten würde, gefunden zu werden. Diese auf Xanta seit langem bekannte Geschichte hängt eng mit der Vergangenheit, der nationalen Identität und dem Traum nach einer besseren Zeit zusammen.

Nicht von ungefähr haben viele Forscher dieses Thema mit dem Nazigold und anderem

Raubgold verglichen. Auch der Nibelungenschatz wurde in diesem Horizont erwähnt, ebenfalls das Goldene Vlies, der Heilige Gral, aber auch Helena von Troja oder Beatrice Portinari. Ein Großteil der Literatur widmet sich diesem Thema ausdrücklich und bringt Hendricksons Epos deshalb vor allem mit diesem Komplex aus Nationalismus und Identität in Verbindung. Eine weitere große Bewegung, die sich diesem Thema widmete, stammt aus der psychologischen Ecke und brachte diesen geheimen Schatz, was mir persönlich immer besser gefiel, mit der Erkrankung des sogenannten Zensualismus zusammen. Die zentralen Symptome hängen mit intelligiblen Knoten zusammen, die sich körperlich als Wucherungen einer Krebserkrankung bilden würden. Der Sprung vom Gedanklichen ins Physische würde den Forschern zufolge aus Zusammenhängen zwischen verdrängten Erlebnissen aus der Kindheit und damit verbundenen Beziehungsmustern gebildet, die so weit unter Verschluss gehalten würden, nahezu vergraben oder anderweitig von der Welt >entfernt<, dass ein Arzt diese nicht zu finden in der Lage wäre, jedenfalls zum Stand der aktuellen Forschung. Wäre es möglich diese Zusammenhänge aufzudecken oder zu behandeln, wäre ein Pharmakon gegen den Krebs gefunden. In nichtwissenschaftlichen Kontexten und im Feuilleton wird diese durchaus utopische Suche nach dem Heilmittel für Krebs mit dem Ausdruck <Goldgräberkomplex> bezeichnet und es war eben genau das, was Hendrickson in seinem Epos verarbeitet hatte.

Wenn man der Geschichte des alten Matrosen weiter folgt, entdeckt dieser, dass die mysteriöse Dame während des Gesprächs eine zerknitterte Karte auf einem Stein hinterlassen hat. Der junge Estreisias hat aber Angst, sich dieser Karte zu nähern, widmet sich weiter dem Gitarrenspiel und die Dame verschwindet dann plötzlich wie im Nichts. Estreisias besieht sich im Anschluss die Karte und beschließt, wie könnte es in solch einer Geschichte, die aus dem Rückblick eines am Ende seines Lebens stehenden Mannes erzählt wird, der über die Tragik seiner Existenz reflektiert, auch anders sein, als dass diese Karte der

Auslöser dafür wird, dass er sich auf eine ewige und vergebliche Suche nach dem dort beschriebenen verschollenen Gold macht. „Eine Schatzkarte ist immer der Weg zu einer Reise in die Dunkelheit," schließt Estreisias. Die Hybris darin ist freilich nicht zu übersehen und wird dahingehend erweitert, dass der junge Matrose beim Tauchen vom Gift einer Riesenkrake geblendet wird, die fortan Schuld für die Blindheit des Estreisias ist. Die kindlichen und klug beschriebenen Fragen von Zython nach dem Taucheranzug von Estreisias wird von dem dahingehend unzuverlässigen Erzähler nie beantwortet und immer nur mit einem „Pah! Es wird schon so gewesen sein." abgewehrt.

Dem jungen Zython, der für Estreisias ob seiner Blindheit zu einem unersetzlichen Begleiter wird, ersetzt dieser nun seine verlorene Vaterrolle. So wird es logisch, dass Zython sich nach dem Tod des Blinden, völlig am Ende und in tiefer Trauer selbst auf die Suche nach dem tatsächlich verschollenen Gold macht und so entsteht schließlich Zythons Unterwasserbasis und alles

Folgende, wie es aus Hendricksons Buch bekannt ist.

Ich überlegte mir nun, während wir in unserem kleinen Flugzeug langsam zur Landung ansetzten, inwieweit ich eigentlich vielleicht doch Unrecht gehabt hätte, dass ich in einer meiner Arbeiten dieses Thema als bloßen MacGuffin verurteilt hatte, unter dessen Oberfläche ja die viel wichtigere Thematik des Geschwisterzwistes stand. Vielleicht hatte auch Hitchcock Unrecht und der MacGuffin war nicht nur eine Finte, eben nicht allein wichtig für die Personen der Geschichte, sondern eben auch von Bedeutung für den Erzähler. Was also würde es bedeuten, wenn auch Hendrickson irgendeine Verbindung dazu gehabt hätte? Hinweise gab es genügend, zum Beispiel die Tatsache, dass Hendrickson beim Tiefseefischen ums Leben kam, dem Mythos nach, ganz so wie in der Geschichte des alten Estreisias. Ganz nebenbei erzählt man sich auf Xanta auch, dass Hendrickson überhaupt nicht tot sei, ein wenig wie bei Elvis Presley und den Konsorten des verschollenen Ideals, sondern dass er immer noch leben würde, von Außerirdischen entführt wurde, etc. – all das Seemannsgarn, das sich um eine tote Berühmtheit strickte, vor allem in einem Land, das zuvor eben noch keine nationale Identität hatte und als rein aus kapitalistischen Gründen erbautes Kuriosum entstanden war. Fakt aber war, dass der Leichnam von Hendrickson tatsächlich nie gefunden wurde, was bei der Größe des Atlantiks auch kein Wunder war und außerdem musste festgestellt werden, dass auch nie jemand wirklich ernsthaft nach dem Schriftsteller gesucht hatte – so wichtig war er nun auch wieder nicht.

Während ich also aus dem Flugzeugfenster das Meer unter mir betrachtete, kam mir der Gedanke, dass dieser MacGuffin vielleicht tatsächlich von Bedeutung war. Was wäre, wenn ich aus dem MacGuffin auf einer anderen Ebene wieder einen MacGuffin machen würde, etwas, das für den Erzähler wichtig war und schließlich natürlich auch für mich, sonst hätte ich mich ja nie mit Hendricksons Epos beschäftigt. Ja, Hitchcock hatte also Unrecht, der Erzähler war wichtig, der

MacGuffin erzählte auch etwas über den Erzähler. Dies zu entwerten war nur eine Finte, um wiederum von etwas anderem abzulenken, wie es ein Cameo machte (eingeschrieben und doch nicht eingeschrieben). Was das aber war, dem wollte ich auf den Grund gehen, dachte ich mir. Ich beschloss nun, mich auf meiner völlig falsch motivierten Reise, die durch einen maroden Traum entstanden war, endlich darauf zu konzentrieren, was ich konnte: forschen! Endlich hatte ich tatsächlich ein Ziel, meine Reise nach Xanta zu rechtfertigen. Ich wollte die Soziologie von Xanta erforschen, wollte herausfinden, welche Verbindung das politische System von Xanta zu diesem Raubgold hatte und mehr noch, wollte herausfinden, welche Verbindung die Menschen dort überhaupt zu wertvollen Gegenständen hatten. Soweit ich mich erinnern konnte, hatte ich noch nie eine soziologische Abhandlung über die Gesellschaft von Xanta gelesen. Vielleicht war dies ein Punkt, an dem ich angreifen konnte, von dem aus ich ein neues Buch über das Hauptwerk meiner Forschungen entstehen lassen könnte.

Denn eines war mir schon bei der ersten Lektüre von Hendricksons Buch klar – es gibt definitiv einen Zusammenhang zwischen dem Unten und dem Oben, dem Gut und Böse, den Bergen und der Meeresbucht, der gesamten Flora und Fauna, die in seinem Nationalepos beschrieben werden.

Eine der eher psychologischen Abhandlungen über Hendricksons Epos besagte, ich kann mich an den Namen des Verfassers nicht mehr genau erinnern (Laban, Leobal, irgendetwas in der Art), dass die spiegelverkehrten Extreme in der Geschichte definitiv mit dem Krebsgeschwür im Darm und der >Scheiße< als sprichwörtlich >güldenem Geschenk< zu tun haben müssten, eine Art Geschenk, das zurückgehalten werde und erst dann gezeigt werden könne, wenn der wahre Held des Epos gefunden wäre, der es ausspreche, dass die Kacke am Dampfen sei. Was also wäre, wenn Hendricksons Fiktion über sein Herkunftsland tatsächlich wahr und er selbst in dieser Falle gefangen wäre? Die Lösung dieses Problems wäre bei ihm definitiv die des Schreibens gewesen und nicht die des Schweigens.

Doch Hendrickson konnte ich nicht mehr befragen, dachte ich mir, er war längst tot. Aber das Glück, einen interessanten Aufhänger zu haben, das hatte ich. Ob es sich lohnen würde? Dem würde ich nachzugehen versuchen.

sargons last stand

Schuld und Hoffnung

Eine der großen Errungenschaften von Walle Hendricksons Nationalepos ist die Tatsache, dass es ein ganz klares und unprätentiöses Happy End gibt. Auch wenn es nicht leicht zu glauben scheint, betrachtet man sich den Lebenslauf des Autors, der von vielen Niederschlägen und psychischen wie physischen Beschädigungen gekennzeichnet ist, auf die an anderer Stelle noch einzugehen sein wird, so ist es umso erstaunlicher, dass sich diese Widersprüche gerade in dieser schriftlichen Utopie im anfänglichen Kleide der Dystopie zu dem entwickeln, was sie ist: eine bedingungslose Ode an das Leben.

Nicht umsonst lässt Hendrickson sein Epos mit den berühmt-berüchtigten Worten beginnen:

„Muse, oh singe mir..." Damit meinte er, nach meiner Interpretation, glaube ich, ganz wie Homer, sowohl die Anrufung der klassischen Muse der Kreativität (ob Thalia, Tamila oder Beatrice sei dahingestellt), wie auch der Code eines Programms, das qua Phantastik dazu geschaffen ist, allgemeingültige Paradigmen – wenn auch nur versteckt – zu verdeutlichen. Die Neuerung und große Innovation, die Hendrickson mit seinem Buch also geschaffen hat, wäre wieder dieses Überwinden der Schicksalhaftigkeit und wassertriefenden Dramatik des Romans, hin zur allgemeingültigen Kontingenz eines kommenden, erreichbaren, doch immer aufschiebbaren und gerade in diesem scheinbaren Widerspruch unmöglichem Möglichen eines glücklichen Endes in der Erzählung. „Keine transzendentale Obdachlosigkeit mehr für euch, ihr Ärsche, es gibt kein Entkommen," wie Hendrickson eindrucksvoll unter Beweis stellte, als er den Hohenleder Literaturpreis ablehnte und den seltsam geformten Metallrhombus auf den Bundespräsidenten schleuderte, der daraufhin wegen eines zersplitterten

Schädelknochens fünf Wochen im Krankenhaus behandelt werden musste, aber glücklicherweise wieder vollständig genas. Von einer Anzeige nahm dieser Abstand, da Hendrickson sich wenige Tage später das Leben genommen hatte.

Damit hat Hendrickson, wie sich Freud wohl ausgedrückt hätte, den Seelenhaushalt von Generationen ins richtige Licht gerückt, sich beispielhaft aus den Klauen der grauenhaften Ereignisse der xantalanischen Geschichte befreit, die von der kollektiven Individualität seiner Heimat (dem so proklamierten höchsten Gut) verschleiert wurde. Inwieweit dies wirklich schablonenhaft für die real-historischen Ereignisse seines Landes vergleichbar war, wurde von mir an anderer Stelle ausführlich untersucht. Fakt war jedenfalls, dass Hendrickson ein Buch geschaffen hatte, das die berüchtigten Plotpoints des Romans überwindet (und ich stimme hier ganz mit der Forschung überein, dass der Roman in seinem Niedergang einer neuen Bedeutung anheim gegeben werden muss). Das liegt vor allem daran, dass das Muster des Buches von Hendrickson eine der wohl

schönsten und wichtigsten Geschichten der Welt-
literatur ist, die ihre Verwandtschaft mit den Rei-
sen des Odysseus, die ja bekanntlich auch die des
Sindbad waren, geschickt mit den anderen großen
Erzählungen des Abendlandes verknüpft. Denn
das im Mittelpunkt stehende Geschwisterpaar,
das zu Beginn im größten Widerstreit steht, der
nur denkbar ist, lernt im Laufe seiner Reise und
der kunstvoll verknüpften und das Ganze reflek-
tierenden Abenteuer, dass ihr Urkonflikt keiner
ist, der durch eine bestimmbare Vergangenheit zu
definieren ist, sondern ein Bestandteil der Rätsel-
haftigkeit der Existenz selbst. Wenn also Anthis
und Zython am Ende vor dem letzten Gefecht
zwischen Gut und Böse vereint werden und endlich verstehen, dass sie unter einer lebenslangen
Hypnose gestanden haben, die sie seit ihrer Kindheit entzweit hatte (auf die näheren Umstände
wird noch einzugehen sein), dann, ja nur dann,
ist es folgerichtig, wenn sie Seite an Seite das
Böse (wie immer nur vorerst und auf einen auf-
geschobenen Zeitpunkt) besiegen.

Aufmerksame Leser merken aber sofort, dass da mehr ist, als nur die Erzählung eines kunstvollen Abenteuers, sondern sowohl die Aufarbeitung und Verarbeitung der Schuld eines bestimmten Volkes, als auch die trotz alledem unbedingte Bejahung des Lebens als wertvoll und lebenswürdig – gerade trotz des Selbstmords des Verfassers. Denn es gibt tatsächlich keinen Widerspruch darin, wie Hendrickson schreibt, ständig zwischen Schuld und Hoffnung, Tod und Wiederauferstehung. Denn das ist, ich glaube, unter anderen eines der schönsten Kapitel in der Geschichte der Menschheit von Hendricksons Menschheit.

Sexuelle Killerspiele

Eine der großen ethischen Debatten, die Walle Hendrickson ausgelöst hat, hängt natürlich mit der Frage nach der Sexualität zusammen. Hendrickson schildert eine in Xanta verbotene Form der Sexualpraktik in all ihrer Ausführlichkeit in einer Szene, für deren Interpretation mich viele meiner Kollegen belächelten. Trotzdem konnte ich mich nie erwehren genau diese Metapher des sexuellen Kampfes genauso zu erklären, als wäre sie eben die sexuelle Urszene schlechthin, über die sich die Forscher und Fans streiten. Denn eine der großen ungelösten Fragen bleibt die, ob Anthis und Zython eigentlich Bruder und Schwester sind. Doch dazu irgendwann einmal mehr.

Fakt ist, dass sich die junge Anthis in ihrer späten Jugend in einer Forschungsgruppe an der Universität befindet, wo sie mit ausschließlich männlichen Kommilitonen an einer virtuellen Simulation arbeitet, die den menschlichen Körper als zu erkundenden Ort der Lüste einbezieht. Ursprünglich als Hilfsmittel für Ärzte gedacht, Patienten zu behandeln, die ihren Körper nicht spüren, mausert sich die Anwendung bald zu einer beliebten Applikation, um in sexuelle Sensationssimulationen einzusteigen, die bis dahin unzugänglich waren. So werden hier in der Simulation nicht nur Pädosexualität, sexuelle Gewalt und anderes möglich, sondern auch Phantasien jenseits der herkömmlichen Vorstellungskraft. Und das, so der Werbeslogan, ohne Opfer. Sehr schön schildert Hendrickson den schmalen Grat zwischen Fluch und Segen des technischen Fortschritts.

Anthis jedenfalls wird während einem dieser Versuche zum ersten Opfer einer Vergewaltigungswelle, die hinter verschlossenen Türen und von der Öffentlichkeit unbemerkt bald ganz

Xanta einholt. Die Kommilitonen setzen in besagter Urszene Anthis durch den angeschlossenen Apparat mithilfe von Chloroform in einen Dämmerzustand, um sie sexuell zu misshandeln. Denn das Kind wurde auch hier wieder einmal mit dem Bade ausgeschüttet und der wahre Thrill zeigte sich nicht in der Simulation für den Rezipienten, sondern in der Verwendung eines Opfers für die Simulation. Was das Verhängnisvolle an dieser Simulation ist, kann nicht mit einer rein körperlichen Penetration verglichen werden, da es sich darum handelt, dass sich die fünf Männer nicht nacheinander an der wehrlosen Frau vergreifen, sondern gleichzeitig, wiederum virtuell-körperlich mit von ihnen sogenannten Miniaturen in die Geschlechtsorgane und die Psyche von Anthis einspeisen, von wo aus sie das Rennen um ihre Geburt nachspielen. Das Spiel, das sie so erfanden, hat neben der für den Teilnehmer angeschlossenen orgasmatischen Funktion auch eine sportliche. Denn diese Miniaturen sind mit gewissen Werkzeugen ausgestattet, die ursprünglich dafür gedacht waren, von Ärzten gesteuert zu

werden, um Geschwüre oder dergleichen im Körper zu vernichten, nun aber dafür hergenommen
werden, um sich quasi in einem Kampf Miniatur
gegen Miniatur gegenseitig aus dem Rennen zu
werfen. Der Gewinner ist der, der im Uterus angekommen ist und dort den Auslöser seiner Geburt wiedererleben darf. Da es sich bei der Miniatur aber nicht um einen Samen, sondern eine
hochkomplexe Biomaschine handelt, muss diese
wieder abgestoßen werden, weshalb sich der Gewinner des Spiels selbst befreien muss und so
dem Mutterleib einen irreversiblen Schaden zu-
fügt, von dem die Frau nichts erfährt, weil keine
äußerlichen Zeichen einer Vergewaltigung danach sichtbar werden. Dies ist auch der Grund,
weshalb Anthis Zeit ihres Lebens kinderlos
bleibt.

Die Kommilitonen rechtfertigen das Wegtre-
ten von Anthis zunächst mit einer Unverträglich-
keit gegen die virtuell-körperliche Simulation
und den Schmerz in ihrem Unterleib mit einer
Devianz, die sie erst noch weiter erforschen

wollen, um die Apparatur auch für Frauen gefahr-los nutzbar zu machen.

Dies ist nun eines der Ereignisse, die zwar die Lesenden bereits früh über die Heldin erfahren, der Heldin selbst aber nie wirklich bewusst wird, sondern nur in Träumen als latente Bedrohung spürbar wird. Wenn meine Kritiker nun wieder bemäkeln, dass die Verbindung zwischen Psyche und Körper eine unzulängliche ist, wende ich nur ein, dass ich es trotzdem zu ergründen versuche.

Was diese Fiktion Hendricksons in unserer Welt für eine große Debatte ausgelöst hat, lässt sich kaum beschreiben. Vor allem was Killer-spiele, Sexualität, Weiblichkeit, Pädosexualität und dergleichen mehr beinhaltet, wurde strengs-tens kritisiert. Hendrickson sei einfach ein per-verser Phantast wurde in den Abendtalkshows ge-sagt und von den obersten Vertretern von Kirche, Staat und Wissenschaft in einem gleichbleiben-den Mantra wiederholt. Dies hatte allerdings schnell dafür gesorgt, dass die traditionelle Sexu-alität einen Aufschwung unter den Jugendlichen erfahren hat, die nun, niemand kann es erklären, eine ungeahnte Normalität an den Tag zu legen schienen, was körperlichen Verkehr anbelangte, dass die ganze Flower-Power-Bewegung aus dem Rückblick als Reinfall betrachtet werden muss. Hendrickson hatte es wieder einmal allen gezeigt. Ich nannte dieses Faktum in einer meiner Abhandlungen Triebabfuhr. Doch meine letztliche Frage blieb natürlich immer, was der Unterschied zwischen Virtualität und Körper nun wirklich war. Ich kann ihn bis heute nicht definieren und schäme mich über meine Oberflächlichkeit.

witchcraft from below / another night

Für Marcus Alexander Stiglegger

Ich und die Nobelpreisträgerin

Ich saß in einem Café, einer Art Büchercafé, in dem die aktuelle Nobelpreisträgerin für Literatur eine Lesung hatte. Ich sah aus dem Fenster und hatte eine diffuse Absenz. Vor mir verschwamm allerlei in meinem Kopf und was auf der Straße geschah in einer wilden Palette aus Emotionen.

Die Nobelpreisträgerin ging an mir vorbei. Ich wollte sie zu ihrer Ehrung beglückwünschen.

„Entschuldigen sie, ich möchte ihnen gratulieren..."

„Gratulieren sie mir nicht für den Nobelpreis," brach sie mich ab.

„Ich wollte ihnen meinen Respekt für ihre Bücher aussprechen."

„Das ist gut," sagte sie.

Ich fragte sie, ob ich sie begleiten dürfe. Wir gingen die Straße entlang und ich redete auf sie ein, fragte sie schließlich, ob ich sie in ein Gasthaus einladen dürfe, ein Gasthaus, in dem ich oft verkehrte, in dem Freunde von mir waren, die aus einer anderen Zeit meines Lebens stammten.

Im Gasthaus bat ich sie, aus einem ihrer Bücher vorzulesen. Leider konnten wir keine allgemeine Aufmerksamkeit für sie finden, da es sich allesamt um Arbeiter handelte, die kurzerhand nicht verstanden, was sie in ihren Büchern schrieb, obwohl es um sie ging. So hörte sie auf.

Sie verabschiedete sich freundlich und ich begleitete sie noch ein wenig. Ich wollte ihr erklären, warum ich diese Menschen doch gerne hatte, warum sie für mich einen Wert darstellten, den ich unbedingt zu verteidigen gewillt war.

„Das sind Menschen," fuhr ich fort, „gute Menschen, die wenig Verständnis für Kunst haben, nun gut, Menschen, die einfacher gestrickt sind, aber gut. Mit ‚Gut' meine ich, dass sie jenseits einer Form von Macht sind, jenseits dieser Macht, die sowohl die Literatur als auch die Gesellschaft für sich vereinbart. Eine Art liberales Proletariat. Was meinen sie?"

„Ich meine," antwortete sie mir, indem sie mit einer weit ausholenden Armbewegung Linien in die Luft schrieb, „dass sie das völlig falsch verstehen. Es ist vielmehr so, dass sie gar nichts verstehen, dass sie…"

Es entstand eine lange Pause, unendlich lange, wie mir schien. Fast hatte ich das Gefühl, dass sie mir mit dieser Pause sagen wollte, dass sie mir nichts zu sagen hatte, nichts zu diesem Thema sagen wollte. Sie hielt inne, malte weiter mit ihren Armen Linien in die Luft und hörte schließlich auf.

„Ich glaube nicht, dass es ein liberales Proletariat gibt," sagte sie, „ich glaube an die Kunst."

Ich war verblüfft, wollte ich doch, dass sie verstand, dass mir diese Leute wichtig waren, wollte ich doch, dass sie mich verstand, verstand, dass es Fronten gab, die jenseits der Front eine diffuse Menge bildeten, die man nicht einfach beiseitelassen konnte.

„Kennen sie," fragte sie mich, „die blaue Else?"

„Natürlich," antwortete ich ihr.

„Ich glaube, dass sie von ihr noch einiges lernen könnten."

Ich war wiederum verblüfft und ein wenig peinlich berührt.

„Es ist ganz einfach so," sagte ich geradeheraus, „dass mir die blaue Else einfach nicht gefällt."

„Sehen sie," lächelte sie, „genau das ist ihr Problem. Es ist das Einfache, das sie nicht verstehen. Dabei liegt dahinter genau das, was der Intellekt ist, intelligibel."

Ohne ein weiteres Wort schieden wir voneinander. Das war meine Begegnung mit der Nobelpreisträgerin für Literatur. Ich wusste immer noch nicht, wohin mit mir. Vielleicht würde ich einen Kaffee trinken, dachte ich, oder ein Bier.

Eine Rückkehr zu Hendrickson

So geschah es also, dass ich doch nach Xanta zurückkehrte. All meine Vorsätze waren dahin und ich stand am kleinen Flughafen, von wo aus ich zurückkehren sollte. Ein Rückkehrer. War ich das?

Die Passagierzahl war nicht gerade hoch, um nicht zu sagen, verschwindend gering, denn außer mir fand sich lediglich ein älteres Ehepaar auf dem Platz, wo wir fast wie an einer Bushaltestelle auf das Kleinflugzeug warteten. Warum waren dort immer diese alten Ehepaare, fragte ich mich, warum war ich nun wie in meinem Traum mit einem älteren Ehepaar auf meinem Weg zurück nach Xanta?

Meine Verfassung war bis zu diesem komischen Traum immer ein wenig nachdenklich, zu nachdenklich, fast grüblerisch und – wie soll ich sagen – ein wenig depressiv. Mein Gefühlsleben schien im Niedergang begriffen zu sein. Ich hatte keine Frau, keine Freundin, keine Kinder, noch nicht einmal Eltern hatte ich mehr, geschweige denn von Freunden. Würde ich mich selbst als eine Romanfigur analysieren, ich könnte mich ansehen als einen, der zu spät gekommen ist, oder zu früh. Manchmal machte ich mir viel zu viele Gedanken über meine Generation. Es kam mir so vor, als wäre meine Generation vergessen worden, übergangen, einfach weg. So gab es die Generation vor mir und nach mir. Doch meine Generation des Dazwischen, des Uneigentlichen war irgendwie vergessen worden, aus Gründen, die mir noch nicht ganz klar waren, aber doch damit zusammenhängen mussten, dass es jene zwei Rahmenereignisse gab, die alles, was dazwischen lag, auslöschten. Vielleicht hatte dies auch – ich bin mir sicher – etwas mit meiner Leidenschaft zu Hendricksons Buch zu tun – ganz bestimmt sogar. Die Atmosphäre und die Ereignislosigkeit der Zwischenzeit. Hendricksons Epos war die Leerstelle, die, meiner Ansicht nach – ich glaube – dafür stand, entweder diese Nichtung von zwanzig Jahren zu legitimieren oder im Vergessen enden zu lassen.

Ich hoffte inständig ersteres, dachte ich, während ich fröstelnd mit dem älteren Ehepaar immer noch auf das Flugzeug wartete. Irgendetwas hatte sich aber verändert, das konnte ich spüren. Irgendetwas hatte dieser Traum von Hendrickson in mir ausgelöst, was ich erst jetzt, noch nicht in seiner Gänze, verstand. Ich war tatsächlich im Begriff ein anderer zu werden, langsam und still, ohne mein Leben von einer Sekunde auf die andere ändern zu müssen, sondern eher in der Art auf die Hoffnung eines Happy End, ganz so, wie ich es eigentlich liebte, als Kind, Abenteuergeschichten lesend, Western, Ritterromane und Liebesgeschichten. Was war denn falsch daran, an ein gutes Ende zu glauben, sich um seine Helden zu sorgen, ja, letztlich um die Identifikation mit sich selbst? Eben nichts. Ich war in meinen

Forschungen, meinem Schreiben und allem, was ich tat, immer gehemmt, hatte Angst, zu schreiben, in das Endlose, das Tote hinein zu schreiben, ohne daran zu denken, dass die Verbindung zum Tod immer eine aufgeschobene, die eigentliche Bahn meines Lebens war. Ich verstand zwar, während ich auf das Rollfeld starrte, nicht ganz, was sich in meinem Kopf abspielte, war aber, wie man so sagte, guter Hoffnung, schwanger nicht nur mit einer Idee, sondern mit Ideen, kommenden Ereignissen, die wie Kieselsteine unter der Wasseroberfläche in der Sonne glitzerten. Ich fühlte mich auch nicht mehr allein. War es nicht das, was Jean Tourneur meinte, einer der Denker, die ich früh entdeckt und mein ganzes Forscherleben begleitet hatten, über die Liebe und die Einverleibung von Welt, dass, wer beginnt, zu essen, jemand da sein wird, der nicht allein ist.

„Sehen sie," deutete mir die ältere Frau gen Himmel, „es kommt."

Ja, es war soweit, das Flugzeug zeichnete sich am Himmel ab. Immer näher und näher flog es heran, bis es fast in einem Sturzflug, der in seiner

Eleganz einzigartig war, direkt in unserer Nähe zum Halten kam.

Der Kapitän, ein sonnengegerbter Mann, der mit seinem tief ins Gesicht gezogenen Schlapphut den Eindruck eines Abenteurers aus unzähligen Abenteuerromanen und -filmen machte, winkte uns heran. Wir stiegen ein und hoben ab. Das gelb-schwarze Flugzeug schnitt durch die Lüfte wie ein Stock durch einen See von einem Jungen geschlagen wird. Jetzt gab es kein Zurück mehr für mich. Doch ich hatte keine Angst. Zwar war ich unsicher, doch meine Unsicherheit war mit einer freudigen Erregung verbunden, der ich mich nicht mehr entziehen konnte. Ich würde mich also endlich auf die Suche machen, etwas wagen, zu finden, zwischen den Zeilen von Xanta und der Biographie eines Textes, dessen Verfasser nicht mehr lebte, hinterherzugehen versuchen, wieder nur einer verlorenen Zeit, vielleicht nicht umsonst.

Die unwiderrufbare Symbiose

Meine Ansichten zur Partnerschaft waren immer höchst kritisch. Nicht von ungefähr achtete ich stets darauf, mich selbst nie in dergleichen zu verstricken. Begonnen hatte alles damit, dass mich in jungen Jahren ein Mädchen im Aufzug anlächelte. Ich war Page und stand nur so anbei, ohne böse Gedanken, als mich dieses Geschöpf anlächelte. Nichts ahnend lächelte ich zurück und musste feststellen, dass es kein unschuldiges Lächeln gab. Natürlich war dieses Lächeln mit einer Pflicht verbunden, die ich nicht erfüllen konnte und auch nicht wollte. Während der Lift aufgrund einer technischen Problematik nicht weiter konnte, fing besagte Dame an, sich mit mir zu unterhalten. Aber nur über die alleroberflächlichsten Dinge, um schließlich darauf über zu gehen, meine Hand zu halten und mich in einer Art Unauffälligkeit, die ich heute noch nicht verstehe, zu streicheln, so dass ich fast meinte, ich träumte. Ich verstand überhaupt nicht, was mit mir passierte, war ich doch als Page kaum in der Gelegenheit, mich mit gutaussehenden Damen zu unterhalten, geschweige denn, von ihnen liebkost zu werden.

Also tat ich gar nichts. Während einer unserer Stammgäste endlich zu uns in den stehenden Lift kam, ein älterer Geschäftsmann, der niemals, aber auch wirklich niemals ein gutes Wort für uns übrig hatte und für den Trinkgeld ein Fremdwort war, konnte ich mich endlich aus der Umklammerung des Mädchens straffrei lösen und mich entschuldigen, um zum verantwortlichen Techniker zu eilen, einen aktuellen Bericht der Aufzuglage zu erfragen.

Dieses Erlebnis, es war ja kaum eines, prägte mein ganzes Leben. Ich fragte mich ständig, welchen Einfluss jemand auf mich und mein Leben haben könnte, konnte nie die brennende Frage aus meinem Kopf verbannen, wie sehr jemand anderes mein Leben verändern würde können, ohne dass ich es wollte.

Ich entschloss mich, an diesem Teil der Welt nicht teilzunehmen und zog mich zurück. Ich ging keine Beziehungen und Freundschaften ein und achtete ganz genau darauf, wie meine Umwelt sich um mich veränderte, während ich trotz des Alterungsprozesses mir selbst eigentlich immer recht treu blieb. Die Beziehungen, die ich nicht verhindern konnte, gaben mir ein abschreckendes Beispiel meiner Hypothese. Zuerst betrachtete ich meine jüngere Schwester, die einen Mann heiratete, der aus gutem Hause stammte und ein nach Eigenaussage glückliches Leben führte. Doch mich konnten sie nicht täuschen. Ich sah genau, dass sowohl sie als auch ihr Ehemann eine Verbindung eingegangen waren, die sie beide auf die unvorteilhafteste Weise veränderte, ja, ich möchte sagen, mir wesensfremd machte. Meine Schwester wurde zu einem bürgerlichen Frauchen, das so tat, als hätte es ihrerseits niemals etwas anderes gegeben. Ihr Ehemann wurde zu einem Rüpel, der seinen Besitz und sein Erbe als Naturrecht und nicht als kulturelle Abberation verteidigte, als sei es seine Freiheit. Kurzum, die beiden veränderten ihren Wesenskern hin zu Personen, die sie nie waren oder sein sollten.

Diese Beobachtungen gaben mir natürlich zu denken, bald kam ich vom Hundertsten ins Tausendste und landete bei meinen Eltern. Ich konnte ja nun nicht mehr wissen, wie diese armseligen Geschöpfe hätten sein können, wären sie nie diesen Pakt miteinander eingegangen. Wie ich mich dabei fühlte, brauche ich nicht zu sagen. Schließlich kam ich dazu, dass ich den berühmten Worten beipflichten musste, dass es gut sei, schnell wieder aus dem Leben zu scheiden, aber noch besser, nie geboren zu sein.

Da ich aber nun einmal geboren wurde, blieb ich hier und versuchte weiter zu beobachten. Wie wäre es möglich, sich selbst treu zu bleiben und keine Verbindungen einzugehen, die einem urtümlichen Wunsch nach etwas entsprachen, was man selbst nicht war? All diese Veränderungen waren Lügen, die nur dem unüberbrückbaren

Trieb entsprachen, aufzusteigen, höher hinaus über sich zu wachsen und irgendwo anzukommen, von wo aus man nicht begonnen hatte. In welchem Stockwerk das sein sollte, war schließlich klar, allererstes Ziel aber war immer das Penthouse, von wo aus man erst mal ein Schlückchen Sekt genießen wollte und auf dem weichen Sofa abwartete, was da noch kam.

Wie gesagt, ich blieb skeptisch und deshalb mir selbst immer treu. Meine Beobachtungen waren soziologische Studien, die ich zwar nicht aufschrieb, weil dies nicht meiner Herkunft entsprach, aber für mich doch eine Art Befriedigung bereitstellten, die meiner Herkunft eben doch entsprach.

Heute arbeite ich als Parkwächter. Eine Arbeit, die mir wirklich entspricht und die ich gerne ausführe. Hier kann ich den ganzen Tag beobachten, was sich eigentlich nicht beobachten lässt. Nach getaner Arbeit fröne ich meinem liebsten Vergnügen und ordne mich der großen Menge im angrenzenden Großeinkaufsland ein, wo ich nur einer unter vielen bin, der sich die Waren ansieht, sich kauft, was seinem Geldbeutel entspricht und schließlich zu Hause vor dem Fernsehapparat die Früchte seiner Herkunft verleugnen und auch besingen lässt. Das entspricht mir. Etwas anderes möchte ich gar nicht sein. Egal, was sie sagen.

Der Teufel und ich

Ich zündete ein Streichholz an und hielt es meinem Mädchen vors Gesicht, damit sie sich vor dem Spiegel stehend das blaue Auge überschminken konnte. Welche Funktion das hatte, wussten wir beide.

Kurze Zeit später hielt der Zug in der Stadt, deren Zukunft für uns zum Einen in unserem neuen gemeinsamen Leben lag, zum Anderen in der Verbindung zum Sterben meiner Großmutter und der Geburt des Kindes meines Onkels. Beides geschah im dortigen Krankenhaus, einem Betonbunker, der selbst den Dom überragte.

Ich fuhr meinen Onkel mit seinem Auto zum Krankenhaus, hielt vor dem Eingang und hieß mein Mädchen und ihn aussteigen.

„Ich suche einen Parkplatz," sagte ich, „geht schon vor."

Ich weiß nicht, ob es mir wirklich wichtig war, einen Parkplatz zu finden, oder ob ich vielmehr die Gelegenheit nutzen wollte, in der kurzen Zeit zur Erholung das Rauchen wieder anzufangen.

Zunächst suchte ich den Parkplatz. Ich wollte kein Geld für das Parkhaus, das selbst das Krankenhaus überragte, ausgeben und suchte mir also in einer Art Feldweg, der an einen Fußballplatz grenzte, auf dem Väter mit ihren Söhnen spielten, eine Nische zwischen anderen, den großen Wägen der Väter, wie ich annahm. Ich nahm auch an, dass man aus nicht kommerziellen Gründen an Fußballfeldern parken dürfe. Weshalb, wusste ich nicht. So waren nun mal meine Gedanken.

Als ich ausstieg grüßte mich ein Mann, der gerade sein Fahrrad mit einer Kette sicherte. Ich musste daran denken, dass auch ich kein Auto besaß.

Im Krankenhaus angekommen fluchte ich erst einmal leise, hatte bemerkt, dass ich völlig vergessen hatte, mir Zigaretten zu kaufen. Ich ging durch die endlosen Gänge, vorbei an Zimmern, in denen Leichen lagen, die nicht nur aus eigenem Gram gestorben waren. Ich suchte die Toilette auf, trank ein wenig Wasser und ging weiter. Ohne es zu ahnen, landete ich statt im Zimmer meines Onkels im Zimmer meiner Großmutter. Ich hatte an der Rezeption wohl den falschen Namen gesagt. Oder war es doch der Richtige? Nachdem ich diesen Besuch erledigt hatte, schaffte ich es doch irgendwann zu meinem Onkel, seiner Frau und meiner Freundin.

Ich versprach, das Auto zu holen und in einer viertel Stunde vor dem Krankenhauseingang zu warten. Um schneller zu sein, nahm ich den Lift, landete aber, ich konnte mir nicht erklären, warum, im Parkhaus. Dort brauchte ich lange, bis ich den Weg herausgefunden hatte, einmal rutschte ich sogar auf einer schmalen Treppe aus und fiel hin.

Als ich endlich draußen war, dämmerte es bereits. Ich versuchte den Weg zu finden, wo ich geparkt hatte. Doch die Stadt schien wie verändert. Lichtreklamen leuchteten in bunten Farben und zeigten oft nur den Namen der Stadt an: Ninvé. Ich irrte durch die Straßen, immer in Gedanken daran, dass ich den Weg in meinem Kopf gespeichert hatte. Doch dort, wo ich vorhin eine Brücke gesehen hatte, war nun eine Eisenkonstruktion, dort, wo ich vorhin noch ein mit Maschendraht umzäuntes Fußballfeld gesehen hatte, schien nun eine Festung, oder eine Art Bunker zu stehen. Bei näherer Untersuchung blieb ich mit meiner Hose am Stacheldraht hängen. Zu meiner Linken machte sich ein größeres Tor auf, hinter dem eine Straße zu einer Villa oder einem privaten Anwesen zu gehen schien. Zu meiner Rechten fegte ein Bauer vor einem kleinen Fachwerkhaus den Gehsteig von den Blätterverwehungen des Herbstes mit einem Besen.

„Entschuldigung," fragte ich, „können sie mir sagen, wo der Kausachweg 11 ist?"

Wie durch einen Zufall kam mir gerade in dem Moment, in dem ich auf den Bauern zuging, das

Bild des Straßenschilds in den Sinn, das in meinen Feldweg wies.

„Kausachstraße 11?" sagte er, „soviel ich weiß ist das diese Straße hoch und dann eine kleine Abzweigung."

Ich sah durch das Tor, den Serpentinen hinterher, die sich jenseits meines Auges weit hoch schlängelten und wusste nicht, wie ich vergessen konnte, dass ich diesen Weg heruntergekommen war. Vielleicht war ich auch nur von der falschen Seite gekommen.

Ohne weiter zu überlegen, verabschiedete ich mich brav von dem Bauern, bedankte mich und schritt durch das eiserne Tor. Ich wagte mich zögernd hinauf, bemerkte, dass der geteerte Weg zu einem steinernen Feldweg wurde, der immer dunkler zu werden schien. Ich zündete ein Streichholz an und versuchte in die Dunkelheit zu leuchten.

Mit einem Mal durchzuckte es mich. Ich musste meiner Neugier nicht hinterhergehen und diesen Weg nehmen, wo ich doch wusste, dass ich ihn nicht gegangen war. Nein, ich musste keine Wege gehen, nur weil ich meinte, ich hätte sie zu gehen, aus welchen Gründen auch immer.

Mit einer nie an mir gekannten Entschlossenheit machte ich kehrt und wollte durch das Tor zurück zum Krankenhaus gehen, meine Niederlage eingestehen und mit meinem Mädchen verschwinden. Doch das Tor war bereits geschlossen. Ich hämmerte gegen die Stahlwand. Während ich Motorengeräusche hinter mir hörte wurde es immer heller. Ich stand mit dem Gesicht zum Tor. In der Spiegelung erkannte ich endlich: der Teufel, das war ja ich. Aber es hatte überhaupt keine Bedeutung.

Welten von Schwert & Magie 3

... und auch die Liebe

Mein Traum von Walle Hendrickson hatte damit angefangen, dass es eine Nacht war, in der ich um den Tod nicht einschlafen konnte. Lange lag ich wach und hörte dem Pochen meiner Schläfen zu. Irgendwann passierte es dann. Ich spazierte über eine Brücke. Es war die Freiheitsbrücke von Nobis, die nach Ninvé führte, der Hauptstadt von Xanta. Ich dachte daran, dass ich meiner Frau zuliebe bestimmt noch einmal hierher gehen müsste, um diese zugegebenermaßen imposante Konstruktion aus Glas und Fiber, die mühelos in der Luft zu schweben schien, noch einmal zu besuchen und mit ihr zu teilen.

Nachdem ich keine Lust mehr hatte in der Höhe zu gehen und das Meer unter mir zu betrachten, stieg ich in ein Taxi, weil ich zum Polterabend einer alten Jugendfreundin eingeladen war, die im Stande war, einen Militäroffizier von Xanta zu heiraten. Im Taxi saß ein älteres Ehepaar und vorne, neben dem Fahrer, ein jüngerer Mann mit lockigem Haar, dem ich von hinten gesehen wenig Beachtung schenkte. Ich blätterte etwas in den Büchern, die ich am Flughafen gekauft hatte und dachte darüber nach, wie ich mir die Zeit bis zum Abend noch vertreiben konnte. Nach einigem hin und her und nachdem ich mich mit dem alten Ehepaar in ein oberflächliches Gespräch verwickelt hatte, sah ich, dass vor mir ein direktes Abbild von Walle Hendrickson sitzen musste. Es war einzig das lockige Haar, das ihn von dem sonst auf Fotos gezeigten kurzen Bürstenschnitt unterschied. Es war geradezu eine buschige Lockenmähne. Nachdem das Ehepaar ausgestiegen war, tippte ich dem Mitfahrer vor mir auf die Schulter.

„Entschuldigen sie, ich möchte sie nicht belästigen. Aber ich meine, da sich diese Gelegenheit gerade ergibt, könnte ich vielleicht ein Autogramm haben?"

„Ich glaube, sie müssen mich verwechseln," log Hendrickson offensichtlich.

„Nein, ich erkenne sie," sagte ich, „seien sie unbesorgt, ich will wirklich nur ein Autogramm. Ich meine, das ist doch ein Zufall?"

„Also meinetwegen," sagte er, „geben sie schon her."

„Ich habe leider kein Buch von ihnen dabei," sagte ich.

Ich blätterte ein wenig in dem Buch, in dem ich gerade gelesen hatte und sah im Inhaltsverzeichnis, dass Hendrickson ein Vorwort geschrieben hatte.

„Hier! Das müsste es tun."

„Ah ja."

Er nahm das Buch und kritzelte etwas hinein. Es schien ein kurzes Gedicht zu sein, Spontanprosa oder etwas in der Art.

Nachdem er mir das Buch gegeben hatte, gab ich ihm noch ein zweites Buch. Er klappte das Inhaltsverzeichnis auf und Strich etwas an, zu dem er eine Anmerkung schrieb.

„Das ist auch von mir," sagte Hendrickson, „ein Pseudonym."

Hocherfreut, sowohl als Fan, als auch als Forscher, dachte ich daran, welch einen Glücksgriff ich doch getan hatte, Hendrickson endlich persönlich zu treffen. Nun hatte ich einen Beweis für meine weiteren Thesen und Forschungen, dass er existierte. Ein Autogramm mit Gedicht zum Schriftabgleich und ein Pseudonym von dem ich noch andere Texte suchen konnte.

„Herzlichen Dank," sagte ich.

„Keine Ursache," sagte er lächelnd, „Fahrer, halten sie da vorn."

Das Taxi hielt, Hendrickson bezahlte, verabschiedete sich und stieg aus. Ich war total weggetreten. Nach einiger Zeit stieß mich der Fahrer an und fragte, ob ich noch woanders hinwollte. Dann fiel es mir auf, dass wir im Stadtkern angekommen waren. Ich schüttelte den Kopf, bezahlte ebenfalls und stieg aus. Der Begegnung nachsinnend, lief ich durch die Fußgängerzone. Da sah ich ihn plötzlich wieder vor einem Café stehen. Er sah mich ebenfalls. Ich drehte rasch um und ging in die andere Richtung.

„He! Sie! Warten sie doch," rief mir Hendrickson hinterher.

Ich wartete.

„Meine Bekannte hat mich gerade versetzt. Hätten sie Lust mit mir einen Kaffee zu trinken?"

Natürlich hatte ich Lust. Wir gingen in das Café, vor dem Hendrickson zuvor gestanden hatte, stellten uns kurz vor, er bot mir das Du an und so redeten wir über das Schreiben, das Leben und auch die Liebe.

Ich war erstaunt, welch aufgeschlossener und freundlicher, redseliger Mensch Walle Hendrickson war, ganz entgegen der Beschreibungen und vor allem ganz entgegen seiner Prosa und Interviews. Wir verbrachten den ganzen Nachmittag in dem Café und tranken schließlich Campari mit Sodawasser. Irgendwann fiel es mir auf, dass die Zeit fortgeschritten war und ich mich auf zu besagtem Polterabend machen musste. Nachdem ich mich verabschiedet hatte, hielt ich kurz inne. Meine beiden Freunde waren einige der liebsten Menschen, die ich kannte, gaben gerne Feste und lernten noch lieber interessante Menschen kennen. Ja, entschied ich, fragen könnte ich ihn doch. Also ging ich zurück.

„Entschuldige, jetzt fang ich schon wieder damit an, aber, wenn du Zeit hast, würde ich mich freuen, wenn du mich auf einen Polterabend von Freunden begleitest. Wenn du möchtest?"

„Ein Polterabend," lächelte er, „mit einem Poltergeist? Na, ich hab sowieso nichts mehr vor heute. Wie gesagt, ich wurde wirklich versetzt."

So geschah es also, dass ich in Begleitung des wohl besten xantalanischen Schriftstellers auf den Polterabend meiner Freunde ging. Sie hatten ein beeindruckendes Haus, das von außen betrachtet ein normales langgezogenes Röhrenhaus war, wie es in Xanta üblich ist, um die

Druckwellen auszugleichen, über das jeweils andere Röhrenhäuser gestapelt waren, die an stinknormale Reihenhäuser erinnerten, wenn man langweilig dachte. Das beeindruckende am Haus meiner Freunde war aber, dass sie die Röhre nicht mit normalen Möbeln einrichteten, sondern Maßanfertigungen integrierten, die mit den hohen Decken in perfekter Raumausnutzung standen. Die Küche war zum Beispiel zweistöckig angelegt und sah von außen betrachtet wie ein Klettergerüst aus. So verhielt es sich auch mit den anderen Räumen.

Walle Hendrickson wurde von den Gastgebern herzlich aufgenommen und es stimmte, es waren bestimmt zweihundert Gäste da, von denen ein Großteil eine ganze Truppe des xantalanischen Militärs bildete, die nebenbei Cocktails mixten, die sie immer wieder einem anderen Gast, je nach seinem Gusto, anboten. Ich bekam einen bitteren, doch sehr wohlschmeckenden gelblichen Saft verabreicht. Nachdem alle von dem mehr als üppigen Büffet gegessen hatten, begann die Unterhaltung. Hendrickson schien sich wirklich köstlich zu amüsieren. Er schien mir überhaupt ein völlig anderer Mensch zu sein, den ich mir zusammengebastelt hatte. Wie könnte solch ein Mensch Selbstmord begehen? Das war mir einfach unbegreiflich.

„Apropos Selbstmord," sagte Hendrickson zu mir, „Selbstmord ist nicht immer schlecht, manchmal ist es auch eine sehr positive Möglichkeit mit dem Tod umzugehen."

Ich war sprachlos. Hatte er meine Gedanken gelesen?

„Keine Sorge," sprach er weiter, „ich werde es dir erklären. Aber vorerst muss ich noch etwas für deine Gastgeber tun. Ich bin schließlich in ihrem Haus."

So tat Hendrickson das, was er am besten konnte: er benutzte die Sprache. Er begann zuerst einmal einen Toast auszusprechen, der in seiner rhetorischen Brillianz einmalig war und dann fing er an zu zaubern, was ich nie für möglich gehalten hätte. Hendrickson führte grandiose Zauberstücke vor, die nichts mit Kartentricks oder dem Hasen aus dem Hut zu tun hatten. Vor allem die Militärs waren begeistert und klatschten Beifall. Als Abschluss flog er durch den Raum, ein wenig in der Art eines trotteligen Clowns, dem sein Trick nicht ganz gelang.

Ich war wirklich verblüfft. Hendrickson nahm mich beiseite und redete mit mir.

„Pass auf," sagte er, „dieser Traum, den du von mir träumst, das ist kein Traum. Also in gewisser Hinsicht ist er das schon, aber ich bin kein Traum. Jedenfalls..., wie soll ich das erklären?"

Ungläubig starrte ich ihn an. Da fiel es mir auf. All meine Eindrücke waren nicht real, nein, ich lag in meinem Bett und konnte nicht schlafen – und schlief und träumte doch. Meine Augen pochten und kreisten hinter meinen Lidern wie wild. Farben zuckten und unendliche Ströme aus Energie schlugen um mich.

„Ich werde mit dir schreiben," sagte Hendrickson mit Nachdruck, „ich werde über dich weiterschreiben."

„Wie eine Art Medium?" fragte ich.

„Ja, vielleicht so ähnlich."

„Bin ich tot?" fragte ich.

„Pass auf," sagte er, „ich muss dich nur um einen Gefallen bitten. Du musst zurück nach Xanta und eine unerledigte Sache in Liebesdingen für mich erledigen. Ist das in Ordnung für dich?"

„Wenn ich tot bin..."

... und damit verschwand mein Traum, ich lag hellwach mit pochendem Herzen in meinem Bett. Was war mit mir geschehen? Walle Hendrickson war mir im Traum erschienen. Was hätte Freud denn dazu gesagt?

Ich glaubte, er hätte es für durchaus positiv befunden. So geschah es also, ich musste zurück nach Xanta. Liebesangelegenheiten? Es war tatsächlich so, vom Wort Liebe hatte ich bis jetzt wenig bis gar keinen Eindruck beim Lesen von Hendricksons Buch. Es war schließlich kein Liebesbuch, sondern ein Epos.

Wie würde es weitergehen? Dies fragte ich mich ernsthaft, wie ich mit meinem Körper fast ein wenig entrückt auf dem Bett lag und meinen Blick in das schlummernde Dunkel gleiten ließ, wie mir schien: unendlich.

Meine verrückte Freundin und der Verbrecher

Nach einiger Zeit stellte ich fest, dass meine momentane Freundin wirkliche psychische Probleme hatte. Wir verbrachten die Abende nicht mehr allein mit Fernsehen, sondern sie redete unaufhörlich auf mich ein, wann und wie der Weltuntergang nun endlich über uns käme und warum wir keine Chance mehr auf eine Rückkehr hätten.

Gelangweilt von diesen Monologen ging ich immer öfter aus, bis ich eines Abends nach Hause kam und feststellen musste, dass sie einen Gast hatte. Es war ein junger Mann, ich nahm an, so um die zwanzig Jahre alt. Ich stellte mich vor und wir verbrachten den Abend gemeinsam.

Am nächsten Tag stellte ich fest, dass mir etwas Geld aus meiner Brieftasche fehlte. Doch ich sagte nichts. Wieder später, der junge Mann war nun ein fast täglicher Gast bei uns, fand ich eines Morgens ein Päckchen mit weißem Pulver hinter der Kommode. Ich sagte wieder nichts. Diese Vorkommnisse wiederholten sich. Ich geriet in Streit, sowohl mit meiner verrückten Freundin, als auch mit diesem Verbrecher, von dem ich nicht wusste, weshalb er fast täglich bei uns war. Holen konnte er nicht viel von uns und im großen Stil mit illegalen Substanzen schien er auch nicht zu dealen. Er schien vielmehr ein kleiner Fisch zu sein.

Ich hörte mir die Gespräche zwischen meiner verrückten Freundin und dem Verbrecher noch eine Weile an. Wobei diese Gespräche meist aus einem Monolog bestanden, den sie ihm hielt, über den bevorstehenden Weltuntergang, Erdbeben, Fluten und Prophezeiungen der Mayas. Er nickte immer nur und stimmte ihr zu.

Ich hatte dies lange nicht verstanden, aber irgendetwas schien die beiden zu verbinden, irgendetwas, das für mich wohl nie greifbar sein würde. Nachdem ich das aber verstanden hatte, verließ ich meine verrückte Freundin und suchte mir eine weniger verrückte, wie ich hoffte. Ich stellte mir noch lange vor, dass der Verbrecher immer noch bei ihr am Tisch saß. Wobei, wie ich zu Anfang befürchtete, nie etwas zwischen den beiden lief. Ihre Verbindung war nicht sexuell, sie bestand einzig und allein aus einer Anziehungskraft, die so stark war, dass jegliches Begehren im Keim erstickt wurde. Das machte mich lange Zeit unglaublich traurig.

Meine kleine Verwandlung

Wir waren in schmale Käfige gepfercht, in einem
Keller unweit des Ortes an dem das Grauen geschehen war. Unter den schmalen Gitterstäben
befanden sich Laufbänder, auf denen Schreibma-
schinentasten befestigt waren, die unter dem wilden Gezucke und Getrampel unserer Fühler die
wildesten Kompositionen hervorbrachten, immer
in der Hoffnung, dem großen Affen, der den Un-
terdrücker darstellen sollte, zu dienen. Natürlich
war es ganz anders. Natürlich waren wir überflüs-
sig. Allein aus diesem Grund hielt man uns in diesem Kellergewölbe gefangen. Ein illustrer Russe,
der unseren Aufseher darstellte, sagte uns immer

wieder, dass wir keine Fühler haben könnten und unsere wirkliche Größe gar nicht der Größe entspreche, die wir beschrieben. Mit diesen Aussagen machte er uns Angst, dass wir ihn dafür hassten, ihn für seine Zwanghaftigkeit und Kleinbürgerlichkeit überhaupt nicht beachteten. Erst im Nachhinein wird mir bewusst, dass er Recht hatte. Unsere wirkliche Größe entsprach gar nicht der Größe, die wir beschrieben und es stimmte, wir konnten gar keine Fühler haben.

Doch trotzdem schrieben sie, diese Fühler, zwischen den Gitterstäben und wir beschrieben uns, eingepfercht in unseren Käfigen, als kleine Käfer, mit wild fuchtelnden Fühlern und Beinchen, die tief in unsere gallertartige Körpermasse eingezogen waren. Das Einzige, das uns zusammenhielt war unser Panzer, eine zweischalige Formierung in Schwarz, die unser Innenleben schützte, mit der Voraussetzung, dass wir einen festen Untergrund unter uns hatten, oder eben das Fließband mit den Tasten. Von ihm ging keine Gefahr aus.

Weshalb wir überhaupt am Leben waren, wussten wir nicht. Ich persönlich dachte, dass ich froh sein könnte, immerhin irgendwo zu sein, mit einer Arbeit und gewissen Konstanten, die meinen Panzer oben hielten. Wenn wir einmal am Tag innehalten konnten, das Fließband angehalten wurde, um ein neues Tonband einzuspannen, dann sahen wir empor zu dem Foto an der Wand, an dem unser großes Vorbild in einem schönen goldenen Rahmen hing und traurig auf uns hinab lächelte. Er war der große Käfer, dem wir wie der Schildkröte hinterher jagten, ohne zu verstehen, dass es nicht das war, was ihm seinen schönen Käferanzug verschaffte, sondern etwas, das wir nicht mehr sehen konnten, eine Vereinnahmung der Macht, die über uns ausgeübt wurde. Wir wussten nicht von wem. Doch er – wir nahmen an, es war ein männliches Tier – musste schrecklich sein, mindestens von der Größe eines Elefanten, wenn nicht schlimmer.

Eines schönen Tages, womit meine Geschichte beginnt, und der Tag war wieder mal blau, geschah etwas, worum keiner bat. Wir konnten es laut surren hören, im Garten hinter unseren Panzern, den wir nur aus Erzählungen kannten. Dort war er, der Gärtner. Er mähte das Gras mit seinem Rasenmäher, dessen Schneiden so scharf sein sollten, dass kein Stein und kein Halm ungeschnitten blieben. Für uns in unseren Käfigen stellte er den Tod dar, den Schnitter mit dem grünen Gewand, Gevatter Tod mit seiner elektrischen Sense. Er war der Hauptgrund, weshalb wir uns nicht in den Garten trauten.

Ich muss dazu sagen, dass die Käfige zwar klein und eng, aber nicht sehr neu waren. Überall an den Seiten waren Spalte und Schlitze, durch die ein Käferlein wie unsereins leicht hätte entwischen und durch das Kellerfenster in den Garten hätte krabbeln können. Leider mangelte es uns an den Flügeln, sonst hätte der eine oder die andere das bestimmt in Betracht gezogen.

Der Rasenmäher zog an unserem Fenster vorbei und schnitt, was das Zeug hielt. Es schauderte mich unter meinem kleinen Panzer, dass meine ganze gallertartige Masse sich in sich zusammenzog und noch kleiner wurde, so dass ich Angst hatte, dass sie aus meinem Panzer rutschen könnte und ich ganz ungeschützt daliegen würde.

Uns wurde allen eingebläut, dass wir nichts anderes als Ungeziefer seien, nichts wert und für nichts zu gebrauchen. Der Garten wäre nicht für uns bestimmt, weil wir ihn nicht verdient hätten. Eines sollten wir uns merken, dass wir erst einmal etwas zu verdienen hätten, um auch nur einen Grashalm zu sehen. Selbst dann, wer würde uns kleine verkohlten Schädlinge schon sehen wollen, in solch einem schönen Garten? Niemand! Das wussten wir.

Diese Sprüche hingen über uns wie ein tägliches Gebet aus dem Lautsprecher. Wir konnten uns ihrer nicht entledigen und wussten auch hier nicht, woher sie kamen.

Doch zurück zu diesem blauen Tag, ich will schließlich zum Ende kommen. Es war so, wie ich zuerst dachte, dass der Gärtner einen besonders schlechten Tag hatte und deshalb seinen ganzen Sadismus ausleben wollte, um nach getaner Arbeit und geschnittenem Gras, gezupftem

Unkraut, endlich das Ungeziefer und uns Schädlinge ganz zu vernichten, oder eben aus ihrem angestammten Platz zu holen und wenigstens ein bisschen zu quälen.

Während der Gärtner also sicher war, dass die Herrin des Hauses gerade ein wenig in ihrem Liegestuhl döste, fuhr er fast unbemerkt durch den losen Gitterdraht an unserem Kellerfenster und versuchte mit dem Rasenmäher an unsere Gitter zu fahren. Zuerst machte er es nur vorsichtig, wurde aber immer gröber und schaffte es schließlich, dass sich die unabänderlich rotierenden Scheiben mit sprühenden Funken an unseren nachgiebigen Gittern zu schaffen machten.

Fragen sie mich nicht, wie es passiert ist, aber plötzlich, mit einer Feigheit, die ich nicht aus mir herausbringe, befand ich mich, der kleine Schädling, der schwarze Käfer an der Seite des Rasenmähers kauernd. Die Herrin des Hauses stolzierte mit ein paar verächtlichen Worten am Gärtner vorbei ins Haus zurück und der Gärtner verbeugte sich vor ihr und zog seinen Hut.

Ich fand mich plötzlich dem grellsten Sonnenlicht ausgesetzt und den buntesten Farben. Das war also der Garten, dachte ich, immerhin – ich muss hier weg!

Unter mir war aber kein Gras, sondern schöner und harter Teerboden. Ich versuchte zu fliehen. Jetzt war meine Zeit. Also schleppte ich mich langsam voran. Mein kleiner Körper unter dem Panzer war so in Wallung, dass ich gar nicht bemerkte, wie meine kleinen Beinchen daraus hervorzutreten begannen, erst langsam, dann immer mehr. Es musste für den Gärtner fast so aussehen, als ob ich da krabbelte.

Ich hörte ein gellendes Lachen, das vom Gärtner zu kommen schien. Dann hörte ich den sich vorher im Leerlauf befindlichen Rasenmäher seine Drehzahl erhöhen. Plötzlich aber befand ich mich in der Lage zu sehen, ich hatte Augen und sah hinter mir eine lange Schleimspur, die sich vom Rasenmäher zu meinem kleinen schwarzen Panzer zog. Der Rasenmäher setzte sich in Bewegung. Der Gärtner war ein alter und irgendwie spießig aussehender Rentner mit

Holzfällerhemd und Baseballmütze, ich vermutete, er war mindestens Alkoholiker. Er begann mich zu verfolgen. Natürlich holte er mich schnell ein. Ich kam zwar zügig voran, aber nicht zügig genug für eine Maschine mit Rädern.

Endlich befand sich der Rasenmäher wieder über mir und ich sah mich schon in tausend Stücke zerteilt. Doch nichts geschah. Der Gärtner hob den Rasenmäher auf und ab, um meinen kleinen Körper zu erwischen, doch nichts geschah. Ich sah die Schneiden über mir rotieren, doch sie konnten sich nicht bewegen.

Aber ich konnte mich fliehen. Und das tat ich. Ich krabbelte weiter. Der Gärtner verfolgte mich, immer im Rückblick auf die Herrin des Hauses, vor der er Angst zu haben schien. Irgendetwas stimmte hier nicht, dachte ich mir. Schließlich befand ich mich vor einer Straße. Der Gärtner hielt inne und sah nach links und rechts. Ich sah nicht nach links und rechts, sondern nahm meine Chance wahr, in die Freiheit zu entschwinden, wie ich dachte. Was ich nicht gesehen hatte, schien eine letzte Hoffnung für den Gärtner zu

sein. Ich sah etwas Weißstählernes auf mich zu-
kommen, einen Kubus mit riesigen Rädern, die
mich zermalmen sollten. Doch wieder geschah
nichts. Dadurch, dass ich Augen hatte, krabbelte
ich völlig ungehindert über die Straße und ließ
das Auto ohne einen Schaden zu verursachen
über mir passieren.

Ich kam immer weiter, sah andere Gärten, andere Herrinnen von Häusern, die teils schöner,
teils weniger schön waren, wie das, aus dem ich
kam. Ich stellte mir die Ställe vor, die sich in diesen Kellern befanden. Welche Art Ungeziefer,
wie sie es nannten, befand sich hinter deren verschlossenen Türen? Ich fühlte mich auf einmal so
frei – frei und unsicher, was ich als gutes Gefühl
deutete.

Doch plötzlich war er wieder da, der Gärtner.
Er versuchte seinen Rasenmäher wieder über
mich zu schieben. Auf einmal hörte ich ein
Schreien. Da stand eine durchaus attraktive Herrin eines Hauses im Bikini und schrie.

„Lassen sie doch das Hähnchen in Frieden,“ schrie sie, „und überhaupt, was tun sie denn mit einem Rasenmäher auf der Straße? Sie sind ja verrückt. Scheren sie sich weg, oder ich sage es ihrer Frau,“ brüllte sie mit einer Stimme, die mich sofort für sie einnahm.

Es stimmte, mir war unter meinem kleinen Panzer aus der gallertartigen Masse ein Hälschen gewachsen und ein Köpfchen, ja, und sogar ein kleiner Kamm, sodass ich nun aussah wie ein Hähnchen, ein gerupftes Hähnchen zugegebenermaßen, das nicht allzu weit entfernt an einen Käfer erinnerte, aber immerhin, ich könnte ja an mir arbeiten.

Die schöne Herrin des kleinen Hauses in ihrem Bikini kam auf die Straße, nahm mich hoch und streichelte über mein Köpfchen.

Stellen sie sich das einmal vor! Ich meine, wer streichelt schon Ungeziefer? Eine phantastische Empfindung jedenfalls. Sie nahm mich zu sich in den Garten, es war ein wilder Garten, und gab mir ein paar Körnchen und ließ mich frei laufen.

Ich meinerseits legte ab und zu einmal ein Ei und dachte schon weiter. Vielleicht könnte ich bei meiner nächsten Flucht noch ein wenig weiter gehen. Vielleicht könnte ich mich irgendwann zu einem Herrlein eines Hauses mausern. Vielleicht?

Doch um ehrlich zu sein, vorerst war ich zufrieden, wo ich war. Ich wollte es langsam angehen lassen und außerdem, das, was mir am meisten Angst machte, war die Tatsache, dass der Gärtner verheiratet war. Ich müsste vorsichtig sein.

<u>Dieses entfernte Gefühl von Liebe</u>

Einer der Gründe, weshalb sich Zython, der verrückte Wirtschaftswissenschaftler, von Zeit zu
Zeit mit mehreren Flaschen voll Spirituosen hinter das Steuer eines Wagens setzt, hängt wohl damit zusammen, dass er ein absoluter Macht-
mensch ist, der die Kontrolle über sich selbst nie
verlieren will und ständig versucht gegen seinen
schwächer werdenden Willen anzukämpfen. Der
andere Grund liegt wohl tiefer verborgen. Um das
zu verstehen, muss man begreifen, dass dieser
Erzschurke natürlich nicht immer schon ein sol-
cher war und in seine Kindheit zurückgehen. Versuchen wir also einmal ganz unvoreingenommen

in die Kindheit des Bösen zu kommen. Denn sie ist ja auch nichts anderes, als andere Kindheiten. Oder doch?

Zython wächst jedenfalls, soweit er sich erinnern kann, in einer netten und heiligen kleinen Familie auf, zumindest soweit es sich in seiner Erinnerung, die aus Bruchstücken und halluzinogenen Fetzen erbaut scheint, zusammenfügt. Er erinnert sich an einen bemerkenswerten Vater, sieht somit einen hochgewachsenen Herrn vor sich, mit einem noblen Gehstock in der Hand, einem langen Mantel, unter dem sich der Stil des englischen Landadels versteckt, also ein Abziehbild seiner eigenen Erscheinung. Von der Mutter sieht Zython lediglich Schemen vor sich, die nur unmerklich deutlicher werden, wenn er in einem seiner Wägen sitzt und mehr und mehr die Kontrolle zu verlieren beginnt. Erst dann erscheint sie ihm, nach der ersten Flasche Wodka, während er über die verlassenen Steppen von Xanta kurvt und nur die Erregung einer Schlange oder eines Erdmännchens entfacht.

Nein, Zython kann seine Mutter vor seinem nüchternen Auge nicht mehr erkennen. Er kann sich nur erinnern, dass sie eine wunderschöne Frau gewesen sein musste, eine Frau, die wie sein Vater hochgewachsen, blond und von einer Schlankheit war, die Frauen wie ihr so gut standen. Zython erinnert sich, das sieht er nach der zweiten Flasche mit einem dämlichen und ans debile grenzenden Grinsen ein, an fast gar nichts mehr aus seiner Kindheit. Denn, man muss wissen, dass er im Alter von drei Jahren seine Eltern und eine kleine Schwester verloren hat.

In der Erinnerung, wenn er kurz vor der Besinnungslosigkeit vom Alkohol ist, kann er nur ein paar wenige Bilder memorieren, wiedererkennen, als wären es Boten einer noch kommenden Zeit. Da ist dieses kleine Mädchen, das auf dem Bett steht, als stände es auf einem riesigen Meer. Sie hat Zöpfe mit roten Bändern. Sie lächelt durch ihre Zahnlücken hindurch und wiederholt immer wieder den Ruf nach dem Vater. „Papa, Papa, Papa..." Zython hört es noch ganz genau, als wäre es vor kurzem gewesen, oder als würde es in kurzer Zeit jemand sagen und als läge dieser Ton in der Stimme bereits in der Luft, wie das Rascheln von Libellenflügeln.

Zython erinnert sich, dass auch er gelächelt haben musste, oft und gerne, dass er ein kleiner Junge war, mit einer Latzhose, vielleicht in blau, vielleicht ein wenig samtig. Er erinnert sich daran, die Hand der Schwester gehalten zu haben und daran, dass er dieses entfernte Gefühl von Liebe in sich getragen hatte, ein warmes Gefühl, als die Engel noch auf seiner Seite standen. Er erinnert sich, als säße er in einer dunklen Kammer, vor einer Leinwand, hinter ihm der Projektor und vor ihm die leuchtenden Farben der alten Dias. Da war das Landhaus seiner Kindheit, die unendlichen Weiten des Waldes, das unbegreifliche Verschmelzen des Horizontes mit den Wegen und Feldern, die sich vor seinen Augen auftaten.

Zythons Erinnerungen werden in einem schwarzen Loch verschlungen. Da ist ein Spaziergang. Die Eltern gehen Hand in Hand. Zython hält die Hand seines Schwesterchens. Der Abend dämmert bereits, als plötzlich mit einem laut aufheulenden Motor ein Sportwagen unkontrolliert über die Straßen fährt. Unzuverlässige Erinnerungen. Die Eltern schreien den Kindern hinterher, dass sie warten sollen. Doch Zython ist so fasziniert von dem schnellen Gefährt, dass er die Hand seiner Schwester loslässt und dem Wagen ein wenig hinterherläuft, bis er ihn, bei einer kleinen Anhöhe angekommen, nicht mehr sehen kann.

Dann geschieht es. Der Sportwagen kehrt zurück, außer Kontrolle, wie es scheint. Der Motor heult lauter. Es sieht so aus, als ob das Auto führerlos wäre, als würde der Fahrer schlafen. In den kommenden Zeitsplittern scheint es, als würde ein Teil des Universums in sich zusammenfallen. Zython hört seinen Namen. Er hat natürlich einen anderen Namen, als den, den er für sich gewählt hat, doch das ist wieder eine andere Geschichte, in den Geschichten des Epos, das Hendrickson nicht müde wurde zu beschreiben.

Zythons Schwesterchen ruft seinen echten Namen. Sie rennt in seine Richtung. Im Hintergrund sieht er die Leichen der Eltern liegen. Er versucht der Schwester entgegenzurennen. Der Sportwagen scheint umgekehrt zu sein und auf sie fahren. Bevor er bei der Schwester angekommen ist, wird alles schwarz, er erinnert sich nur noch an einen Graben, Splitter, Autoteile, Blut und an so etwas wie Hirnmasse. Dann verliert er die Besinnung.

Als Zython wieder aufwacht, findet er sich in einem Krankenhaus. Die Zukunft wird ihm zeigen, dass da nichts mehr ist von diesen wenigen Jahren der Kindheit, einer Kindheit, die er hätte führen können, eines Menschen, der er hätte sein dürfen. So geschieht eben das Unvermeidliche.

Spätestens jetzt verliert auch Zython, der völlig betrunken in seinem Wagen sitzt, sein Bewusstsein, die Steppe glüht voll roter Leuchtfeuer, aus denen Geister emporsteigen, Mythen einer vergangenen Zeit. Er kehrt zurück in die Tiefen seines Körpers, wo der Alkohol seine betäubende und schmerzüberdeckende Wirkung tut.

Einer der guten Vorsätze, die Zython sich für sein Leben nahm, war der, sich niemals dem Machtverlust anheim zu geben, wie es der Fahrer jenes schicksalhaften Sportwagens getan hatte, den Zython später, was auch eine andere Geschichte ist, für seine Tat büßen ließ. Aber von Zeit zu Zeit treibt es ihn in den Kopf des Unglücksfahrers. Dann will er wissen, wie es ist, völlig die Kontrolle über sich zu verlieren. In diesen Momenten will er wissen, ob man etwas hätte tun können, um anzukämpfen gegen dieses Bewusstsein, das dem Menschen gegeben ist. Bisher hat er aber immer gegen sich selbst verloren. Und manchmal denkt er, dass er der Fahrer war.

Daran, dass dieses Kapitel, ich bin der Meinung, definitiv mit Walle Hendricksons, oder sollte ich besser sagen, N. D. Sindbergs Vergangenheit und einem ähnlichen Erlebnis in seiner Kindheit zusammenhängt, dem ich aber noch auf der Spur bin, wird wohl niemand zweifeln.

Der Wolfsmann

Der Wolfsmann schlich durch den Wald, durch das Gebüsch, den Flieder, bis zum Waldesrand. Auf dem Feld weidete ein einzelnes Schaf. Es war ganz unbekümmert. Der Wolfsmann dachte nicht lange nach. Er riss das Schaf und schmatzte und vertrieb sich die Zeit mit seiner Wildheit, seiner Urtümlichkeit und seinem Trieb.

Nachdem der Wolfsmann ein wenig geschlafen hatte, besah er sich sein Werk. Das Gras war mit Eingeweiden gesäumt, Wollmäuse flogen blutig im Wind, bis hin zur Klippe, bis hin an ferne Gestade. Das Schaf war nun ein Kadaver, die Knochen ragten aus der offen klaffenden Körperhülle und Haut und Fell lagen da wie eine vergessene Bettdecke, aus der noch die Albträume der vergangenen Nacht wie ein Kostüm aus der Kindheit emporstiegen, gemischt mit Schweiß und Hautpartikeln.

Der Wolfsmann überlegte hin und her und kam schließlich auf den Gedanken, sich der Haut zu bedienen. Also zog er dem gerissenen Schaf mühsam das Fell von den Ohren, zerquetschte mit einem Heidenspaß die Augäpfel und zog sich das ehemalige Schaf wie eine Auszeichnung um seinen halbbehaarten Körper. Die Haut eines anderen, dachte er.

Der Wolfsmann fand Gefallen an seiner Maskerade. Er hüpfte ein wenig im Gras umher, bestattete seinen zerrupften Artgenossen, indem er die Gebeine umständlich und ungeschickt bis zum Klippenrand mit der Nase stupste und von dort ins Meer fallen ließ. Er war ein vollkommenes Schaf geworden, trauerte sogar ein wenig um seinen Artgenossen im Geiste.

„Nicht schlecht," sagte sich der Wolfsmann, „ich könnte glatt als echtes Schaf durchgehen."

Also ging der Wolfsmann in seiner Schafstracht durch die Welt, hüpfte durch die Wälder, erschreckte Füchse, die ihm zu nah kamen, mit der übermächtigen Wahrheit seiner wahren Gestalt und lebte fröhlich einher, bis er wieder hin durch die Gebüsche, den Flieder und hin zum Waldesrand kam.

Auf der saftigen und leuchtenden Wiese, hinter der die Klippe zum Meer klaffte, weidete nun nicht nur ein Schaf, sondern eine ganze Herde, eine Leckerei ohne Gleichen, wie er sie sich in seinen kühnsten Träumen nur vorstellen konnte. Ein einfältiger und domestizierter Hundswolf stolzierte um die wolligen Leckerbissen und ein wenig abseits, unter einem Lindenbaum, auf einer Flöte spielend, saß ein junger Schäfer, eingehüllt in Leder und Wolle, dass der Wolfsmann gar nicht anders konnte, als sich einzubürgern versuchen.

Kaum hüpfte der Wolfsmann, der einen vermeintlichen Schafsmann darstellte, in Sichtweite, fing der Wolfshund auch schon zu bellen an und versuchte ihn zu den anderen Schafen zu treiben.

Auch der Schäfer stand auf und betrachtete den Wolfsmann im Schafspelz.

So geschah es also, dass der Wolfsmann unbemerkt in einer Herde von Schafen weidete und bald mit ihnen des Weges zog. Der Weg war weit, das hatte der Wolfsmann vorher nicht bedacht. So strichen die Jahre dahin. Der Wolfsmann riss zu Anfang das ein oder andere Schaf, hörte aber bald auf, weil er Angst hatte, entdeckt zu werden. Also ging er dazu über, die Schafe nur noch zu besteigen und verschaffte sich so Abhilfe. Das ließ er aber auch bald bleiben, weil ihm die Schafe irgendwann ans Herz gewachsen waren, wie eine Familie. Irgendwann, es könnten Jahre vergangen sein, starb der Wolfshund und wurde durch einen Schäferhund ersetzt. Der junge Schäfer wurde zum Mann, der Wolfsmann im Schafspelz zum Greis.

Als sie wieder einmal an der Klippe angekommen waren, wo alles begann, wunderte sich der Schäfer, während er dem Wolfsmann im Schafspelz durchs Fell streichelte, das erste Mal überhaupt, weshalb gerade dieses tiefschwarze Schaf noch nie geschoren wurde, weshalb gerade sein Fell immer filziger und älter aussah, als das der anderen. Der Wolfsmann aber vergaß nun völlig, dass er ein Wolfsmann war. Auch der Schäfer vergaß, der Hund vergaß und so wurden sie alle vergessen.

Die Grashalme hörten sich beim wachsen, der Flieder blühte, hinter dem Gebüsch und tief drinnen im Wald hörte man keinen Laut. Es war vorbei.

terror from beyond

Nationales Epos

Der spät gegründete Staat Xanta, der im nördlichen Eismeer liegt, hat nun endlich ein Buch auf dem Markt, das mit dem Prädikat >Nationales Epos< ausgezeichnet wurde. Geschrieben wurde es vom 27-jährigen Xantanianer Walle Hendrickson, der mit seinem erfolgreichen Debütroman *Mein Hass auf die Welt und alles andere* eine Berühmtheit bei der Jugend war. Kurz nach der Fertigstellung seines Epos, während des Tiefseefischens, hatte er sich das Leben genommen – wie man vermutete, auf mysteriöse Weise, um dem ganzen noch einen mythischen Anstrich zu verleihen. Das Manuskript wurde in seiner kleinen Strandhütte gefunden, neben allerlei

Holzspielzeug und Zauberutensilien, mit denen er sich die Zeit vertrieb, wenn er nicht schrieb.

Hendricksons Buch wurde bald zum Bestseller, der Autor zum Säulenheiligen von Xanta. Es handelt vom ultimativen Kampf zwischen Gut und Böse. Auf der einen Seite ist Anthis, eine xantalanische Amazone, die mit ihrem Pferd über das Land und durch die Städte zieht, ganz wie eine mythische Gestalt aus einem Westernfilm, in dem der Protagonist längst tot ist und durch die Vorhölle streift. Auf der anderen Seite ist da Zython, ein in die Jahre gekommener Wirtschaftswissenschaftler, dessen einzige Beschäftigung darin liegt, man darf raten, zuerst die Herrschaft über Xanta und schließlich über das ganze Universum zu erlangen. Sein Stützpunkt ist eine im tiefen panumbrischen Tiefseegraben liegende Computerstadt, wo die entscheidende Schlacht zwischen den Kontrahenten ausgetragen wird.

Über diesen doch recht übersichtlichen Plot hinaus, der in Wirklichkeit für das Epos vernachlässigbar ist, ist Walle Hendricksons postmodernes Epos mit Zaubersprüchen aus dem 15.

Jahrhundert angereichert, deren Wirkung sich bereits in den sieben Vorworten bemerkbar macht. Die Literaturwissenschaftler sind sich uneinig darüber, wie sie diese meist uninterpretierbaren Hypnoseverfahren beschreiben sollen und es herrscht ein allgemeiner Dissens, ob das Werk nicht doch zu gefährlich sei, um verbreitet zu werden.

Verbotsfrage hin oder her, ich jedenfalls war auf Forschungsreise und fuhr mit meiner streng limitierten Ausgabe von Hendricksons Buch durch den xantalanischen Untergrund, wo ich versuchte, mich in die Beschwörungsformeln einzufinden, die Bilder vor mir entstehen ließen, die ich nicht begrifflich fassen konnte. Es war ganz so, als würde ich die Sprache sehen.

Das xantalanische U-Bahnnetz lag unter dem Festland, Röhren waren im Wasser verlegt, die transparent leuchteten, wenn die U-Bahn durchfuhr und durch die Dunkelheit der Tiefsee schwamm, wie eine Seeschlange. Nicht von ungefähr wurde diese submarine Schönheit in Hendricksons Epos, der auf den bürgerlichen Namen

N.D. Sindberg getauft wurde, mit aller Ausführlichkeit besungen.

Je näher ich zu der Station kam, an der Hendricksons Hütte besichtigt werden konnte, in der er in seinen letzten Monaten lebte, desto weniger Menschen waren in der U-Bahn. Es wurde leerer und leerer. Einzig und allein drei Jugendliche, zwei Mädchen und ein Junge, waren noch mit mir im Abteil, die irgendwann anfingen, aus Langeweile, wie ich vermutete, die inneren Schiebetüren mit Farbe zu besprühen. Da mich eines der Mädchen an meine Nichte erinnerte, sprach ich sie an. Ich versuchte zu verstehen, wie das Leben von Heranwachsenden auf Xanta so war, aber sie schien mich nicht verstehen zu wollen und wandte sich ab.

Mir fiel ein, dass ich in einer Modezeitschrift, die ich vor meinem Abflug am Flughafen gekauft hatte, einen Artikel über Graffiti als zeitaktuelle Ausdrucksform der xantalanischen Jugend gelesen hatte. Ich wollte ihr diesen Artikel unbedingt zeigen, um zu verdeutlichen, dass ich mich nicht bedroht fühlte und durchaus verstehen könnte, was es bedeutet, wenn man die Wände mit Farbe besprüht.

Doch irgendwie war ich auf dem Holzweg. Weder konnte ich die Zeitschrift finden, noch konnte ich die Aufmerksamkeit der Jugendlichen für mich gewinnen. Nach einer weiteren halben Stunde des Grübelns über Hendricksons Buchstabenanordnungen, die in einer versteckten Anagrammatik verstreut wurden, und die verlorene Zeit meiner Jugend, war ich endlich angekommen. Endlich würde ich sehen, wie Hendrickson gelebt hatte.

Die Führung mit Audioguide durch die Wohnung des Schriftstellers war wenig spektakulär. All das essentielle Chaos, das vor seinem Tod darin geherrscht haben musste, wich leicht enttarnbarem Nippes und Merchandiseprodukten, die es im Museumsshop am Ende zu kaufen gab, ausgepriesene Sammlerstücke und vermeintliche Kunstwerke mit Kleinstauflagen zu Höchstpreisen. Die ein oder andere Tafel machte darauf aufmerksam, dass man sich in einem nationalen Heiligtum befände. Von tieferem Verständnis für die literarische Qualität seines Werkes fehlte jede Spur. Hendrickson hätte es wohl gehasst.

Danach begab ich mich, keinen Deut schlauer und schwer enttäuscht, in ein kleines Restaurant, wo ich das üppige xantalanische Nationalgericht >Semo< bestellte, eine Art Linseneintopf mit Fischbeilage, dem im Buch sage und schreibe 42 Seiten gewidmet werden. Es schmeckte vorzüglich, besänftigte mich etwas. Den Rest ließ ich mir einpacken. Zurück in meiner von zu Hause gebuchten Unterkunft fand ich nun endlich, was ich so erbärmlich gesucht hatte. Hier spielte sich das echte xantalanische Leben ab. Die Einrichtung war schlicht und in jeder Ecke, an jeder Wand, waren geheimnisvolle Gegenstände und Schriftzeichen, die mich an Hendricksons Formeln erinnerten. Die Menschen in den kleinen Gemeinschaftszimmern waren schlicht und strahlten eine Art Behäbigkeit aus, die keine Theorie der Erde zu lösen imstande schien und wohl am ehesten mit den schlichten und dennoch tiefgehenden Charakteren englischer Dorfbewohner der Hochmoore verglichen werden konnten.

Hier, in der Abgeschiedenheit der Großstadt, in einem Landgasthof, wie ihn Hendrickson in seinem Buch so oft beschrieb, konnte ich nun erkennen, was es bedeutet haben musste, ein xantalanischer Nationaldichter zu sein. An Franz Kafka musste ich auch denken, als ich mich in die Gaststube begab, um dort ein Glas Wein oder Bier zu trinken, während mich alle Augen der anwesenden Gäste zugleich misstrauisch begutachteten, wie auch links liegen ließen, um mir zu zeigen, dass ich sie nicht im geringsten interessierte. Alles atmete das gleichmäßigste Leben aus, das man sich nur vorstellen konnte. Eine Kindheit oder Jugend in diesem Land musste die schiere Hölle sein. Plötzlich verstand ich Hendricksons Buch. Ja, er schrieb oberflächlich über den ultimativen Kampf zwischen Gut und Böse, doch die Realität dieser Auseinandersetzung war nicht die beschriebene Phantastik, sondern die seelische Realität einer gesellschaftlichen Diskrepanz, die wohl kein Außenstehender zu begreifen in der Lage war. Hendrickson war wohl der erste und, wie ich befürchtete, letzte Schriftsteller in der xantalanischen Geschichte, der dies versucht hatte, zu beschreiben.

Über sein Schicksal musste ich noch lange, bis spät in die Nacht, frierend und unter einer nur leichten Decke liegend, nachdenken. Ich hatte unzählige Träume in dieser Nacht, von Hexen, Zauberern, von Unterseebooten, Fabelwesen und vor allem vom Meer. Ich trat an Orte, die nicht aus mir kamen, sondern durch Hendricksons Schrift in mein Hirn implementiert waren, vor langer Zeit, als ich das erste Mal auf sein Werk gestoßen war. Irgendwann gelangte ich mitten hinein in die große Schlacht um Yanai, an den Ort, wo sich zwischen Anthis und Zython das letzte Gefecht abspielte. Wie gebannt versuchte ich tiefer und tiefer in die Hypnose zu kommen, um endlich zu erfahren, was Hendrickson wirklich sagen wollte, was sein Schreiben wirklich ausmachte, als mich plötzlich eine Bestie mit riesigen Zähnen von hinten zu verschlingen drohte. Ich wehrte mich mit Händen und Füßen, schlug aus und boxte, was das Zeug hielt, bis ich endlich schweißgebadet aufwachte.

Neben mir machte sich der schwarze Hund der Wirtin an meinem eingepackten Semo zu schaffen. Ich war erleichtert und streichelte ihn. Vom Bett gegenüber lächelte mich ein alter Mann müde an. Ich lächelte nicht zurück. Mein Rückflug ging in drei Stunden. Ich war tief erschüttert. Ob ich je nach Xanta zurückkehren könnte, um meine Forschungen auszuweiten, wusste ich zu diesem Zeitpunkt noch nicht. Ich wusste nicht einmal, ob ich geistig gesund bleiben würde, oder vielmehr, ob ich noch geistig gesund war. Vielleicht war ich längst gefangen in der Welt von Xanta, aus der es kein Entkommen mehr gab. Die Geister, die ich rief, sie konnten nicht mehr gebannt werden.

Zwei Söhne

Ein Vater hatte zwei Söhne. Der Eine war der Jüngere und liebte seinen Vater, zeigte ihm aber nicht, dass er ihn im tiefsten Inneren abgründig hasste, aus Gründen, die noch zu ergründen sein werden. Der Andere aber war der Ältere der beiden Söhne, der seinen Vater hasste, ihm aber nicht zeigte, dass er ihn eigentlich liebte.

Nun beschloss der Vater, seine beiden Söhne mit zwei Mädchen zu verheiraten, die ihm gut gefielen und auf seine Vermittlung großen Wert legten. Die Eine war schön, aber dumm. Die Andere klug, aber weniger schön. Also gab er seinem Sohn, von dem er dachte, dass er ihn liebe den Vorrang und die Wahl, eines der beiden Mädchen zu wählen. Er führte sie ohne Wissen seines älteren Sohnes zusammen und stellte sie einander vor.

Zuerst stellte er dem jüngeren Sohn das kluge Mädchen vor, das er sehr schätzte, weil sie tüchtig war und ehrlich im Gemüt und auch sonst eine Frau, die ganz für die Liebe und die Strapazen des Lebens geschaffen zu sein schien.

„Dies ist ein Mädchen, das dir bei deinen Geschäften beiseite stehen wird," sagte er zu ihm, „eine Frau, die mit dir eine Familie gründen wird, mit der du sehr glücklich sein wirst."

Als der Sohn allein mit dem klugen Mädchen war, fragte er sie folgendes:

„Wie stehst du zu meinem Vater?"

„Dein Vater," antwortete sie, „ist ein angesehener und kluger Mann, ein Mann, der seine Geschäfte mit Klugheit betreibt und hinter die Fassade der Menschen zu blicken imstande ist."

„Wirst du mich lieben?" fragte der jüngere Sohn.

„Das wird sich herausstellen," antwortete sie.

Danach stellte der Vater dem jüngeren Sohn das schöne Mädchen vor. Er liebte sie inständig, weil sie einen wohlgeformten Körper hatte, wunderschöne güldene Haare und ein Gesicht, das ihm wie das von einem Engel erschein.

„Dies ist ein Mädchen," sagte der Vater, „das dir die bewundernden Blicke aller bescheren wird. Wenn du mit ihr Kinder zeugst, werden diese Kinder schöner als alle anderen Kinder sein."

Als der Sohn wiederum allein mit dem schönen Mädchen war, fragte er sie wieder:

„Wie stehst du zu meinem Vater?"

„Dein Vater," sagte die Schöne, „ist ein rüstiger Mann, ein Mann, der trotz der vielen Arbeit immer auf sich geachtet hat, der seinen Reichtum genossen und ihn trotzdem bewahrt hat, sodass er nicht nur im Alter davon zehren kann, sondern auch, um ihn seinen beiden Söhnen weiter zu vererben."

„Werde ich dich immer lieben?" fragte der jüngere Sohn.

„Natürlich wirst du mich immer lieben," antwortete die Schöne.

Nachdem der Vater die beiden Mädchen wieder weggeschickt hatte, sagte er zu seinem jüngeren Sohn:

„Dies sind wundervolle Mädchen, mit wundervollen Gaben. Die Eine hat die Gabe der Klugheit, die andere die Gabe der Schönheit. Ich werde dir eine Nacht Zeit lassen, um dich zu entscheiden."

Der jüngere Sohn aber sagte:

„Ich brauche keine Nacht, um mich zu entscheiden. Ich wähle die Kluge."

Der Vater war erstaunt, dass sein jüngerer Sohn so schnell seine Entscheidung getroffen hatte. Doch gleichzeitig hatte er ein schlechtes Gewissen, dass er seinen älteren Sohn hintenangestellt hatte. Schließlich beschloss er aber für sich, dass er dem jüngeren Sohn das kluge Mädchen geben würde, weil seine Entscheidung auch klug war.

Am nächsten Tag bestellte er das schöne Mädchen wieder zu sich und stellte sie seinem älteren Sohn vor, von dem er dachte, dass er ihn hasste.

„Hier mein Sohn," sagte der Vater, „dies ist ein Mädchen, das so wunderschön ist, dass dich alle um sie beneiden werden, ein Mädchen, an deren Seite du ohne Sorgen durchs Leben gehen wirst, ein Mädchen, mit dem du die schönsten Kinder zeugen wirst, die es auf der Erde gibt. Aber ich warne dich, behandele sie immer mit Respekt und gib ihr die Liebe, die sie verdient."

Als der ältere Sohn mit dem schönen Mädchen allein war, fragte er sie:

„Warum schätzt du meinen Vater so sehr, dass du dich ihm anvertraust, dich mit mir zu vermählen?"

„Dein Vater," sagte die Schöne, „ist ein Mann, der auf sich, sein Leben und seine Familie geachtet hat. Er hat ein großes Vermögen, ist gepflegt und ist auch sonst ein kluger Mann. Weshalb sollte ich nicht auf seinen Rat hören."

„Weshalb sollte ich dich zu meiner Frau nehmen?" fragte der ältere Sohn.

„Ich weiß es nicht," sagte sie.

Nachdem der Vater das schöne Mädchen wieder weggeschickt hatte, sagte er zu seinem Sohn:

„Nun, wie wirst du dich entscheiden? Dies ist ein wunderschönes Mädchen, das dir alle Annehmlichkeiten auf der Welt bescheren wird. Willst du sie lieben und ehren?"

„Ja, Vater, ich will," sagte der ältere Sohn.

Ob dieser Worte war sein Vater ein wenig betrübt, weil er befürchtete, dass er keine günstige Vermittlung getroffen hatte. In Wahrheit war es nämlich ein wenig so, dass der jüngere Sohn, von dem er wusste, dass er ihn über alles liebte, ein wenig einfältig war. Der ältere Sohn aber, bei dem er immer das Gefühl hatte, dass er einen geheimen Groll gegen ihn hegte, war in Wahrheit der klügere der beiden. Lange Nächte konnte der Vater nicht schlafen und quälte sich mit der Frage, ob seine Söhne durch seine Dummheit und List gerade die falsche Braut gewählt hätten und unglücklich werden würden. Doch irgendwann fügte er sich dem Schicksal. Er konnte schließlich nicht für alles verantwortlich sein, sagte er sich, und eine Entscheidung war eine Entscheidung. Daran könnte man nicht rütteln.

So geschah es also, dass Hochzeit gefeiert wurde. Der jüngere Sohn, der seinen Vater eigentlich hasste, es ihm aber nicht zeigte, heiratete das kluge Mädchen, der ältere Sohn aber, der seinen Vater eigentlich liebte, es ihm aber nicht zeigen konnte, heiratete das schöne Mädchen.

So war nun mal der Lauf der Dinge und die Zeit ging ins Land. Der jüngere Sohn zeugte mit dem klugen Mädchen keine Kinder, sie stritten oft und trennten sich nach mühevollen Jahren der Enttäuschungen und der Entbehrungen, längst zu verbittert und alt, um noch einmal von vorne zu beginnen.

Der ältere Sohn aber zeugte mit dem schönen Mädchen fünf wunderschöne Kinder, liebte sie wegen ihrer Schönheit und auch wegen ihrer liebevollen Art und war froh, dass sie seine Frau war. Sie tat es ihm gleich und die Kinder ebenso.

Nachdem der Vater lang langer und schwerer Krankheit verstorben war, sagte der ältere Sohn zu seinem jüngeren Bruder:

„Ich weiß nicht, vielleicht habe ich mein Leben lang unserem Vater Unrecht getan. Vielleicht hat mich der alte Herr ja doch mehr geliebt, als ich immer geglaubt habe. Vielleicht hat er es, indem er uns vor unvollendete Tatsachen gestellt hat, am Ende doch gut mit uns gemeint.

„Du irrst dich," sagte der jüngere Sohn, „unser Vater war ein durchtriebener Opportunist, der sich weder um dich, noch um mich jemals wirklich gekümmert hat. Er hat uns immer vor falsche Entscheidungen gestellt, uns nie das Leben selbst in die Hand nehmen lassen. Ich werde ihn auf ewig hassen. Er möge in der Hölle schmoren."

BONUSMATERIAL

(mit freundlicher Genehmigung der Autoren)

Null – ein Storyteaser von Marc Geiger

Mandre warf einen flüchtigen Blick auf den Rücksitz, als seine Fahrgäste einstiegen. Er, ein fleischiger Berg von einem Banker, kurzgeschorenes Haar, bei jeder Bewegung schnaufend wie ein Dampfkessel. „Es", ein hageres Hermaphrodoll mit mandelförmigen Augen, milchiger Haut und sinnlichen Lippen. Offenbar derzeit als Frau unterwegs.

„Ich habe Ihnen die Adresse auf ihren Facialisknoten geschickt", sagte der Fleischberg schwitzend und fasste dem Hermaphrodoll in den Schritt. Die Augen glasig. „Schnell."

Mandre fasste sich an die Schläfe und rief die Route ab. Er kannte das Ziel und schickte sie an den Navigator. Dann stellte er den Countdown zur Löschung ein.

10800... 10759... 10758...

Das Volaremobil stieg auf eine Höhe von knapp 200 Metern und ordnete sich in den Verkehr ein. Die Lichter der Hochhäuser spiegelten sich auf dem Lack. Sie waren ein Schwarm von Glühwürmchen, die die Venen der Metropole durchzogen.

Vom Rücksitz kamen schmatzende Geräusche. Mandre verzog das Gesicht. Er war asexuell. Beim Gedanken an fleischliche Lust wurde ihm schlecht.

Als sie das Ziel erreichten, tippte sich der Fleischberg aufs Handgelenk. Der Betrag wurde direkt überwiesen. Mandre wartete, bis die beiden im Türeingang verschwanden. Dann stieg er aus dem Volaremobil und überquerte die Straße.

9000... 8999... 8997...

Es war ruhig um die Zeit.

Er betrat das Gebäude gegenüber und schritt durch einen dämmrigen Flur. Sein Fuß streifte eine leere Flasche. Es scheppterte. Eine Türe öffnete sich und ein Gesicht erschien.

„Verdammte Scheiße. Mein Baby schläft!"

Er hob entschuldigend die Hände. Das Gesicht verschwand. Er ging zwei Türen weiter, lauschte kurz, drückte auf den Fingernagel seines Zeigefingers und ließ den Dietrich aus der Kuppe springen. Er öffnete die Türe und trat ein.

Der Kerl saß auf einem Stuhl, hatte nur eine Unterhose an. Sein Blick ging ins Leere, die Pupillen weiß. Er sah sich offenbar einen Film an. Wahrscheinlich ein Porno.

Mandre schlug ihm ins Gesicht. Es knackte und der Kerl flog rückwärts vom Stuhl. Er schrie und hielt sich die Nase. Seine Finger färbten sich rot. In seine Pupillen kehrte das Blau zurück.

„Psst. Das Baby schläft", sagte Mandre.

„Was?... Wer... wer bist du?"

„Du weißt, wer ich bin und wer mich schickt. Wo ist der Chip?"

„Leck mich!"

Mandre holte die Gelpistole aus seiner Jacke.

„Schon gut, schon gut. Hier."

Er nahm den Chip entgegen und steckte ihn ein. Dann hob er die Pistole und drückte ab. Eine Ladung weißen Schleims flog dem Kerl ins Gesicht. Ehe er schreien konnte, begann er zu schmelzen. Haut, Blut, Knochen. Alles zerfloss zu einem dampfenden Brei. Am Ende blieb nur eine dunkle, schwarze Lache. Etwas goldenes blinkte dort. Ein Ring.

8400... 8399... 8398...

Mandre hielt sich die Finger an die Schläfe

„Hab ihn."

„Gut", kam eine knackende Antwort aus seinem Thalamus.

„Nur noch fünf. Lösche Dein Gedächtnis."

„Schon dabei."

Er nahm den Ring, ob ihn hoch und drehte ihn im Lampenlicht. Er steckte ihn ein und verließ die Wohnung. Zurück in seinem Volaremobil schickte er eine weitere Adresse auf seinen Navigator. Das Gefährt hob ab. Er schloss die Augen.

7800... 7799... 7798...

Ein Summen weckte ihn.

15... 14... 13...

Er stieg aus und sog die Nachtluf ein. Ein Vorort für Familien. Einfamilienhäuser mit Gärten. Ein Springbrunnen.

10... 9... 8...

Er betrat eines der Häuser.

„Hallo Schatz. Du bist spät heute. Das Essen wir doch kalt."

„Papa, Papa!"

3... 2... 1...

Mandre umarmte seine beiden Kinder und zwinkerte seiner Frau zu. „Ich musste einen Umweg machen. Hab dir was mitgebracht."

... Null.

ER STAND DA

Er stand da, wo er immer stand, er war vor dem Haus und fühlte die Träume...

Er träumte immer denselben Traum, er, das Haus, der Wald, die Kälte, und ... ja, was war da noch...? Es war nicht die Kälte, die man fühlt, wenn es Winter ist, es wird nur klar, wenn die Kälte, mit dem fehlenden Gefühl vereint, durch deinen Körper zieht. Anfangs war es wie er es aus den Nächten kannte, doch im Gegensatz dazu, begeben sich die Schwaden der Neugier in sein Herz und in Sekunden ist die Angst weitere Schritte entfernt.

Er ist keineswegs übermütig, der Ausgang in seinen Träumen war das Aufwachen, nur, das er diesmal keinen Ausgang vom Schicksal erwartet. Diesmal ist er wach. Angestrengt sucht er durch die Dunkelheit die beste Möglichkeit an sein Trauma heran zu treten.

Wann sich die beste Gelegenheit bietet, weiß er sowieso nicht, deshalb erhöht sich seine Herzfrequenz mit jedem Schritt das dieses Behältnis der Seele auf Haus und Kälte zugeht.

Wer dieses Haus besitzt, besitzt die Angst, soviel steht fest. Wenn andere Gäste erwartet werden wird die Stimmung dieser Party eine etwas angespannte sein, aber es kommt keiner, dies wird eine One-man-show, er und vielleicht noch seine Vergangenheit. Er weiß wie alleine er vor seinem Haus steht und es hilft ihm nicht im Geringsten.

Auf Erinnerungsfahrt zum Wesen seines Traums, im Traum wissend, und im Verlassen, ausgestoßen, aus dem Kreise der Einheit, sucht er jetzt was er einsetzen könnte um seine Unsicherheit und Angst erleiden zu lernen.

Ganz in Gedanken verwahrlost, hörte er eine Stimme, die ihm die Schenkel seiner Lehrerin in Erinnerung brachte. Seine Lehrerin, gestorben und in der Versenkung verschwunden, bis jetzt an der Klippe seines Wanderns, des Torkelns der Undurchlässigkeit. Nun wird die unerfüllte Verschmelzung im Innersten wieder heraufbeschworen. Die Stimme kommt aus dem Inneren, aus dem Haus. Wie soll er in der eindeutigen Aufforderung, in sein Erbe zu treten, eine andere Entscheidung fällen, als die des gehorsamen

Weiterentwickelns? Er wird die Zügel los lassen müssen mit denen er sein Leben bisher zu lenken glaubte.

Ein unkontrolliertes Einswerden mit seiner Schuld wird wohl jeden in Mark und Bein erschüttern. Wie ihm scheint rückt die Dunkelheit näher. Es scheint wieder irreal wie die Ausflüge des jenseitigen Teiles der Seele. Sie nähert sich, die Stimme von innen, vom Haus. Vom Innersten seines persönlichen Wanderns im Sumpf des Sühnens.

Eines Tages muss die Stunde der Minute gleichen, und dann wird aufgewogen, in Gänze. Wehe dem der nicht vertritt, was er in diesem Sein zuvor verbrochen hat. Werden die Lehrerin, und die anderen, von ihm beschmutzten Seelen, der Gerechtigkeit Rechnung tragen, und ihn brennen lassen? Ihm wird bewusst, dass ihn nichts vor der anrollenden Schwärze bewahrt, außer die Türe, in die selbst erspielte Hölle, zu öffnen. In der Hitze, die den Frost besiegt, liegt die Erlösung, sagt man, aber ist nun schon der richtige Zeitpunkt?

Er hält die Klinke, er packt zu, er weiß was auf dem Spiel steht, er nimmt die Verantwortung für den Weg den er bisher zurückgelegt hat. Er wird die ganze Konsequenz über sich zusammenschlagen spüren. Es wird die Werte umkehren, wenn er diesen Schritt tut...

... aber Du lieber Leser wirst nichts davon erfahren.

Aus.

Alanee Smith / T.H.G. 2001

Inhaltsangabe:

Zeitfracht Medien GmbH
Ferdinand-Jühlke-Straße 7
99095 Erfurt, Deutschland
produktsicherheit@kolibri360.de